书店日记

THE STORY OF A BOOKSHOP

张冲怡 著

华中科技大学出版社
http://press.hust.edu.cn
中国·武汉

致我的家人

书香5号书店　作者摄影

書香5号书店永久荣誉店员"舰长",作者绘制、摄影

在这个寒冷的冬天，我将过往那些或美好，或不那么美好的时光一起封冻在这本日记里。

每一次记录都是一次雕刻的过程——雕刻时光在那一天的模样。

目 录

2020年

六月　　-001

七月　　-018

八月　　-047

九月　　-077

十月　　-099

2021 年

一月　　　- 106

二月　　　- 108

三月　　　- 124

四月　　　- 144

五月　　　- 157

六月　　　- 166

七月　　　- 170

八月　　　- 188

后来的事　- 207

2020年

/六月/

6月16日,星期二,晴

这几天我一直在纠结早上来办公室后到底是先写日记,还是先干活。但其实这两样没法完全分开——跟着感觉走吧!

刚才在楼下等电梯时,从明晃晃像镜子一样的电梯门上,我忽然发现自己的T恤衫穿反了——侧面中缝的产品标签露在了外面。原本我今天就破天荒地穿了一回露膝的牛仔裤,再加上这样反穿T恤,立刻感觉有点难为情,是不是有点太颓废了——什么事太过了都不好。

楼下的小咖啡馆新进了一个特别大的金属柜子,还没拆封，上面的标签好像写有"撤店"二字——难道这家店也要撤？

我满心疑惑，只因最近听闻的实体小店关门大吉的消息（真真假假也说不清）实在有点多，有点担心这家小咖啡店是不是也保不住了。毕竟这场突如其来的疫情对这个城市造成的影响无法言喻，也无可估量。

快到中午时，我与在图书馆工作的胡老师聊了一会儿图书。谈到书源的问题，她告诉我，她所在的图书馆里的旧书即便放烂了，一般也不会卖掉，因为这些（旧书）是国有资产，图书馆会通过其他渠道，让这些图书流通到"下面的图书馆"，也就是说我想从公立图书馆获得图书的可能性微乎其微。

我与胡老师是在一个很偶然的场合认识的，那是一个和书有关的活动——一位德国作家[1]来武汉推介她的少儿作品系列 *Knietzsche* [2]，作为活动主办方人员与活动参与者，我们在那里相识。她热情而友善，关键是，我们有许多共同的话题，比如，图书和德国。

---

[1] 指德国作家安妮娅·冯·卡姆朋，生于康斯坦茨，现居柏林。影视制作人、导演、作家，热衷创作儿童题材作品。2012年她塑造了深受德国小朋友喜爱并多次获奖的电视动画形象"Knietzsche"。

[2] 德语，意指德国哲学家尼采，中文翻译为"克尼施"，是德国少年儿童熟悉和喜爱的电视卡通形象。在中国已推出"小小哲学家克尼施"系列儿童动画片。

6月17日，星期三，晴

清早出门，我就发现今天的天气特别好。伴着明媚的阳光，大楼前的喷泉也喷洒得分外欢畅。

楼下的小咖啡馆依然开着，在那里端了一杯加浓美式咖啡——因为今天要上传新书。

忙活了一上午，上传了两本书——《逃离不平等：健康、财富及不平等的起源》[1]与《集装箱改变世界》[2]。

"构造简单的集装箱，拥有让世界变小的巨大力量！"——这本书我一直很想看，但一直也"没有时间"看。我总是想，迟早我会看的。

在我埋头忙碌的时候，坐在外面空间的一位男士，一个接一个地大声打着哈欠——那其实更像是一种哈欠与叹气声的混合——一大清早听到这种声响，着实令人丧气得很。要不是自己踏踏实实地忙碌了那一阵，还真是待不下去。心里想着，就这精气神，肯定不会是卖书的。

下午，又和胡老师聊起了书，这次她很确定地告诉我说，他们图书馆的书是通过自己的渠道"下放"到"下面的图书馆"（应该是指其他低级别的图书馆）继续供城市大众读者借阅，因此，这些书不会卖给个人。之后，我俩又

---

[1] 作者为安格斯·迪顿，普林斯顿大学教授，该书是2015年诺贝尔经济学奖获奖图书，由中信出版社出版。
[2] 作者为马克·莱文森，由机械工业出版社出版。

顺着这个话题聊了聊欧洲的二手书市场,例如,在英国,那里的图书馆会把他们不再需要的一些旧书卖给独立书商,以清理库存,促进图书的流通,换取经济利益倒是其次的考虑。

"地球上有数以亿计的旧书,我们要再次使用它们。这将是最大规模的绿色经济。"不知在哪本书上读到过这句话,我只是将它潦草地抄写在了一张空白小卡片上,只知道这句话在那本书的第77页上。

6月18日,星期四,晴转阴

今天录入了三本书,每一本都可说是经典——不管是从其内容而言,还是从其作者来说——阿尔伯特·爱因斯坦、沃伦·巴菲特、理查德·道金斯。

昨晚没睡好,今天补了一个长长的午觉,之后徒步去了办公室,到的时候已经是下午三点了。我在大楼下的咖啡店点了一杯冰美式,它有一个很富有想象力的名字:橘金美式,杯子底下藏着一片金黄色的柠檬。

保洁阿姨碰到了站在电子大屏幕前"看书"的我,问道:"小张,怎么要下班了?"

"我刚刚才来。"看了一眼屏幕上显示的时间,离下午四点还差一会儿——我承认,我的工作时间有点凌乱。

我在电子屏幕上翻看的这本书叫《日本最了不起的公

司：永续经营的闪光之魂》[1]。它吸引我驻足观看的是"他们的话",摘录部分内容如下:

商业中的社会责任意识会带来更多的利润。
——弗里德曼(诺贝尔经济学奖得主)

我们相信有责任心的商业也可以是赚钱的。
——斯图尔特·罗斯(M&S首席执行官)

二十年建立的名誉,五分钟即可毁于一旦。
——巴菲特(美国投资家)

我认为,未来成功的公司都将融合商业利益与员工的个人价值。最出类拔萃的人希望用工作贡献社会,他们希望加入志同道合的公司,在那里,他们的想法能得到重视,他们能够有所作为。
——杰伦·凡·德维尔(壳牌石油执行主席)
……
当有所启发。

我发现,日本书店老板们很喜欢写自己的书店,也很乐于向世人分享他们或成功、或失败、或温馨、或沮丧的故事。而欧洲大陆上的书商们似乎也有这样的传统(爱好),希望有一天,我能遇见乔治·奥威尔的《书店回忆》。

---

[1] 作者为坂本光司,由宁夏人民出版社出版。

6月19日，星期五，阴转多云

又到了星期五——我的独立日和假日。

上午我还是决定工作半天后再去光谷"度假"，这样玩起来会更坦然一些。于是上传了爱因斯坦和巴菲特的书到网店。之后我又重新上传了几本金融投资类的书，这几本书，已经被上架、下架好多次了，其中有一本是一位美国舞蹈家根据自己在股市中的投机故事[1]写成的，输赢成败都还比较坦诚，当他赢得了两百万美元时，故事戛然而止，舞蹈家不写了——我最关心的还是那两百万美元后来的故事。

下午出发前往我的度假胜地——光之山谷。一出地铁站，我就去了那间宽敞的美人鱼咖啡馆，在那里喝了一杯咖啡——不加牛奶，加了大半杯冰块——才慢慢浇灭了我那每天下午就会浮上来的咖啡瘾，在吧台边与店员聊了一会儿咖啡豆——卢旺达的"阿巴坤达卡瓦咖啡豆（Abakundakawa）"。

店员介绍说，这款咖啡豆的特别之处在于，它们主要出自卢旺达的一群女性咖啡农，因为那里的男性要去参加战争，咖啡园里的农活只能留给那里的女人们去做……店员介绍得很简洁。然而关于卢旺达地区的常年战乱，那里的男人、女人和那里的咖啡豆的命运原本就不是几句话能够说清

---

[1] 指《我如何从股市赚了200万》，作者为尼古拉斯·达瓦斯，由机械工业出版社出版。

楚的——我想，卢旺达，这是一个值得人们深入了解和思考的专题领域。

店员送了一张介绍这款咖啡豆的精美小卡片给我，上面记载了稍多一点的内容。原来，"阿巴坤达卡瓦"的意思是"我们这群热爱咖啡的人"。"作为一个强有力的口号，这句话激励着传颂它的合作社咖啡农在卢旺达乃至整个咖啡业界留下了自己的印记。这家合作社一半以上的成员都是女性——这在咖啡业极为少见——这个极富决心的团队以多样的形式实现着她们的使命……她们富有开创性的行动，不仅制作出了备受好评的咖啡，也成了行业杰出的榜样。"

想起卢旺达地区曾经的战乱，人们也许会想，那里的土地应该充满了"焦土"的气息和火药的味道，在这片土地上产出的咖啡豆是不是天然就带着"苦涩"的口感？

且读一读小卡片上是怎么写的吧——柑橘般的酸甜风味，伴有全麦饼干和牛轧糖般的香醇。

记得不久前，有位在咖啡业工作的朋友告诉我，品尝咖啡需要有想象力。当时我就表示，这方面的想象力，我还很欠缺。看来，到现在我也没有丝毫长进。

"我们这群热爱书的人。"这句话要是用卢旺达当地的语言表达，不知该怎么说？

接下来的行程，就是去物外书店寻找那本——《书店回忆》。我在各个有可能的书架上搜索，没找到，不得已才问了收银台的店员，店员用电脑检索了一会儿，告诉我说，"没有叫这个书名的书。"

"那搜一下'乔治·奥威尔'呢？"

书店日记

"这个名下也没有这本书,只有《1984》[1]……,他的书都在七号柜那边。"店员一边盯着电脑一边淡淡地答道,并为我指了指七号柜的位置。

《1984》在七号柜那里有好几本,应该是乔治·奥威尔很出名的一部作品吧,不过我不太喜欢看小说,但主要是——那应该不是关于书店的小说。

没能找到《书店回忆》,我有点遗憾。最后,无意间却碰到了《死魂灵》[2],我直接带着它去柜台结了账,回家。

6月20日,星期六,大雨转晴

上午,我给小达尔文讲课,但他们的数学老师又早上临时通知要进行网上考试,所以讲课的时间又被耽误了。

课后,我在整理藏书时翻出了一本《写意巴洛克》[3],随意翻到其中一篇《在图书馆里听巴赫》,躺在沙发上读了起来。外面又开始下雨了。

"我是图书馆的常客,能在书架迷宫中迅速找到心血来潮想翻翻的书,也能有效地'盯'住正拿着我想查阅的报纸的那个人。累的时候就听音乐……"书上写道。

"我有种想法,一个人的心灵的疆域即想象力,是一种

---

1 英国作家乔治·奥威尔生前的最后一部小说,也是20世纪独具影响力的文学作品,于1949年首次出版。
2 作者为果戈理,由人民文学出版社出版。
3 作者为马慧元,由生活·读书·新知三联书店出版。

宿命。一生中，这颗'心'一边剥落一边生长，一边扩展一边收缩……在我心爱的第五和第八赋格里，在那些紧密咬合的对位中，可能突然会横插进一声汽笛，或者一本书坠地的浊响。不，那不是俗世对巴赫的惊扰，那是巴赫的一部分，是来自巴赫本身的声音。"[1]

6月21日，星期日，夏至，阴转小雨

今天星期天，我不工作。何况又是父亲节——我在家做做家务活，做些好吃的，也算是工作吧。

作为特别礼物，我亲自采买、炖煮了一大锅红烧黄豆猪蹄——真是费尽功夫的一道大菜——令人欣慰的是，我成功了，好吃极了！

我心想着，要是哪天书商当不下去了，改行当厨师，应该也没问题吧！

6月22日，星期一，阴转小雨

上午十点才开始手头上的"工作"——补记日记。不去用力地回忆，有时候还真的很难想起过去几天发生的事情，做过的事情、遇见的人，就是身边的事也不一定都记得

---

1 《写意巴洛克》中《在图书馆里听巴赫》一篇的片段节选。

齐全——这还是挺可怕的一件事。但现在的人对此好像并不太在意。

可我还是想给自己的理想——拥有一家书店,留下一段成长的记忆。

今天只录入了一本书——《致加西亚的信》[1]（*A Message to Garcia*）。这是一本很薄的小册子。只记得我在很久很久以前看过,现在已全无印象,所以我决定还是抽空再看一遍——毕竟这本书也不厚,估计一个下午能看完。

有人说,读一本读过的书,就像与故旧重逢；读一本新书,就像是结交一个新朋友——我深以为然。

我也很想知道,这本"故旧",如今会对我说些什么,或有什么建议。

到现在,网店一直都没有订单,我每天工作的进度也很慢；在办公室里工作的人也越来越少。有时一种莫名的孤独感和无力感会突然造访,紧接着袭来的就是怀疑。

然而在整理这本"小书"时,我无意中发现其作者阿尔伯特·哈伯德也是一位很有天分、很成功的商人——他的商业信条：

我相信我自己。

我相信我自己所售的商品。

我相信我所在的公司。

我相信我的同事和助手。

我相信生产者、创造者、制造者、销售者以及世界上所

---

[1] 作者为阿尔伯特·哈伯德,由哈尔滨出版社出版；本书所推崇的敬业、忠诚、勤奋的思想观念影响了一代又一代人,一个又一个国家。

有正在努力工作的人们。

我相信真理就是价值。

我相信愉快的心情,也相信健康。我相信成功的关键并不是赚钱,而是创造价值。

我相信阳光、空气、菠菜、苹果酱、酸乳、婴儿、羽绸和雪纺绸。请始终记住,人类语言里最伟大的词汇就是"自信"。

我相信自己每销售一件产品,就交上了一个新朋友。

我相信当自己与一个人分别时,一定要做到当我们再见面时,他看到我很高兴,我见到他也愉快。

我相信工作的双手、思考的大脑和爱的心灵。[1]
……

我寻思着,这就是这个"故旧"想对我说的话吧——即便怀疑与迷茫的阴霾并不那么容易从心中散去,但我依然感激这次重逢和它传递的好意。

下班后,我看了早就想看的那部《书店》[2]电影,那是在2017年拍的一部文艺片,里面有典型的英格兰海岸小镇风光和潮湿阴沉的天气。

它讲述了一个热爱书、热爱阅读的女人和她的书店故事。在一个小镇的一栋老房子里她开了一家"老房子书店"(The Old House Bookshop)。但最后,书店被别人剥夺了,她离开了那个小镇。

---

1 出自《致加西亚的信》。
2 改编自同名小说《书店》(The Bookshop),小说的作者为佩内洛普·菲茨杰拉德,由中信出版社出版。

书店日记

"她实现了自己的梦想,又被人剥夺了,但任何人都无法夺走她内心深处所拥有的东西——她的勇气……她说得太对了,在书店里,人永远都不会感到孤独。"——这是影片最后的画外音。

6月25日,星期四,阴转小雨

今天是端午节,我起了个大早,赶去湖边的露天菜场买艾蒿,担心去晚了,没得买了。

这个端午清晨我收获的一定是蕲艾没错了——高大修长,辛香四溢,沁人心脾!我在家门口高悬起新鲜艾草和"菖蒲剑",又点燃几根干燥的陈年艾草在楼道里"熏蚊子"。结果引发了烟雾报警器报警,也引来了保安大叔——真没想到,这艾烟还真大,我得好好考虑一下来年端午节是否要减去"烟熏"这项仪式了。

6月27日,星期六,阵雨

一整天都是阴晴雨混杂的天气——不下雨时闷热难当,下起雨来也闷热得难受。小达尔文学校的老师今天早上没有再突击考试,我们才得以按往常的时间上德语课。

我下午准备去美人鱼咖啡馆看一会儿书再回家。到那一看,宽敞的空间里已经塞满了人,收银台前还排起了长队——看来，独享一张舒适安静的"书桌"算是没戏了。我一直很纳闷，凭美人鱼咖啡馆雄厚的实力和这旺盛的人气，它为什么不卖书呢？

它为什么要卖书呢？有时，我也会反问自己。

但凡"伟大"的企业，无不是做得专注而持久的。也许，对于一个企业而言，真正难做的，并不是什么都做，反而是不做什么吧，我在一些经管类书籍上我曾读到过类似的观点。

在日本，很多书店也不卖咖啡，这同样值得我们思考。

6月28日，星期天，雨

今天下了一天雨，不像昨天那么闷热了，空气中还夹带着清爽的凉风，是很适合读书的"好天气"。因为端午节调休的缘故，今天成了工作日——一个只适合读书的"工作日"。

读了一上午《书店日记》[1]，我本来想读完它，可到了中午还剩一些没读完——不过剩下的也不多了，接下来的两天一定可以读完，也必须读完。其实，我倒也没觉得这本书写得有多精彩绝伦，但奇怪的是，每天进进出出，我的包里装着的就是它。

中午，继续下着雨——这雨 会儿大一会儿小，很让

---

[1] 作者为肖恩·白塞尔，由广西师范大学出版社出版。

人捉摸不定——总之,这个季节出门,不管有雨没雨,带把伞总没错。我撑着一把樱花伞步行走过桥,就是想呼吸一下这雨中清新的空气,沐浴这难得的凉爽,也清醒一下因看书看得有点发懵的大脑;另外,桥那头有一个文具店,离那文具店几站路远的地方还有一家连锁书店。我在文具店里买了一个英语本,又一路撑着雨伞,徒步去了那家书店——找一本《莎士比亚书店》[1]。我是这家书店的常客,但也不是每次都能在书架的迷宫中迅速定位我想找的每一本书——这次一样没找到,只能求助书店店员。他在电脑里查了一下,告诉我说,库存里显示还有一本,随后朝一个我刚找过的书架走去,我满怀期待地跟在他的身后,希望《莎士比亚书店》会在某个我刚错过的角落里等着我。很遗憾,店员也没能在那个书架上找到它。

我问他:"会放在其他地方吗?能不能再帮我找找?"

店员说:"应该不会的,它应该就在这个架子上。一般我们店里唯一的库存书,要么作为废旧书处理了,要么就退回去了……"说完,店员坚定地走回了收银台。而我留在了这个书架前继续寻找。

我很久没来这家书店好好逛逛了。上一次来,因为进门要求扫健康码、量体温,我受够了这种麻烦,就没进去。

在我一门心思找寻《莎士比亚书店》之前,我在这书店已经漫游了好一会儿了,无意中邂逅了另一本关于书店的书——《查令十字街84号》[2]。单就这书名而言,我是无法

---

[1] 作者为西尔维亚·毕奇,由译林出版社出版。
[2] 作者为海莲·汉芙,由译林出版社出版。

知道它是写什么的（至少不会想到会和书店有关），但很巧合的是，我昨天搜索"书店"相关的图片时，曾见过一张英国书店的图片，而那图片下方的配文就写有"查令十字街84号"这几个字。这会儿偶然在一堆书里瞥见这个书名和那张似曾见过的书店图片，我只能用"little surprise"[1]这两个英文单词来形容我当时的感觉。于我，这又是一次意外的收获，稍稍弥补了自己最终没能找到《莎士比亚书店》的失落。

人生常常会发生这样的事不是吗？你最想找的，几乎总是找不到；你最想得到的，往往也总是难以如愿。然而，我们也总是会在不经意间邂逅另一种美好、另一种圆满，从而弥补了那份寻不见、得不到的遗憾。

我很喜欢这本小书的封面设计——就像唐宁街10号[2]一般内敛与简洁，只不过唐宁街10号是黑色的，而《查令十字街84号》是深蓝色。

6月29日，星期一，小雨

又是一个阴雨天，不过倒十分凉爽，这样的天气总让我忍不住想看书，其他什么事也不做。

但其实，我今天的工作效率还蛮高的——下午五点下班时，我发现自己一天下来做了不少事情——看书、做记

---

[1] 意思是小惊喜。
[2] 位于英国首都伦敦，是一座乔治亚式的建筑，为英国首相官邸。

录、拍照、录入上传图书数据、更新发布网店上架信息……

"每天多做一点!"——脑子里时常冒出这一句名言,但又忘记是谁说的了,是时候逼自己养成随时随地做记录的好习惯了。

"如果一个人还没有形成任何成见,就算他再笨,他也能够理解最困难的问题。但是,如果一个人坚信,那些摆在他面前的问题他早已了然于胸,没有任何的疑虑,那么,就算他再聪明,他也无法理解最简单的事情。"

今天在整理《大空头》[1]时,我在书上发现了这么一句话,是列夫·托尔斯泰在1897年说的。我理解这句话的意思是,一个人可以不太聪明,但绝不能太自以为是。这本书黑灰色调的封面上吊着一个巨大的银色鱼钩,鱼钩的一端尖锐而锋利,鱼钩上放着一卷一百美元的钞票。

今天我还是抽空翻了翻《查令十字街84号》,随附的小本子上有康诺写的一段话,是关于这本书的作者海莲·汉芙对二手旧书的看法,读起来很有意思。

6月30日,星期二,晴

今天天气不错,适合晾晒这梅雨季节里总是湿漉漉的衣服。我在上午录入并上传了三本书——《岁月静好现世

---

[1] 本书原名为 *The Big Short: Inside the Doomsday Machine*,作者为迈克尔·刘易斯,由中信出版社出版。

安稳》《莲花》《彼岸花》。

下午有个朋友发了一条朋友圈的动态,说今年的第一个刑事案件终于开庭了。对于刑事辩护律师——就是可以为犯罪嫌疑人辩护的律师,我一直满怀钦佩,因为那是我无论如何也干不来的工作。

这一天结束之前,我读完了《书店日记》的"十一月"。在心里和"六月"说了声——再见。

/ 七月 /

7月1日,星期三,多云

终于读完了《书店日记》,我用了差不多四周的时间吧。作为一名职业书商,这阅读速度也是够慢的——按照400页、28天来计算,平均每天大概读了14页。

肖恩·白塞尔读完《监禁的群兽》——我数了数——用了16天。但他读完《死魂灵》用的时间好像更长——用了41天。

来自这本书的灵感——可以借鉴学习的地方,我总结了以下几条:

(1) 策划:"打开的书";
(2) 策划:某某某图书节;
(3) 注册:LinkedIn(领英)平台的书店账号(发布书店动态);
(4) 寻找:像妮基一样自然可爱的助手;

(5) 写（一封）邮件：给肖恩·白塞尔；
(6) 去：苏格兰的那家名叫"书店"的书店看看。

7月2日，星期四，小雨

早上阴天，风很凉爽，夹带着小雨在空中飘舞。树上的柚子长得绿油油的，与四周包裹它们的叶子完全融为一色，只是个头又变大了许多。这让我不由得想起一本书——《树上的男爵》[1]。

虽然柚子和男爵没有什么本质上的相同之处，但至少他们都在树上，而且相对于那细细的树枝而言，他们的个头也都有点夸张——对抗地心引力需要具备超强的抵抗力。

《树上的男爵》封底上这样写道：

一次倔强的反抗，让柯希莫从十二岁起就决定永不下树。从此，他一生都生活在树上，却将生命更紧密地与大地相连。是不是真的只有先与人疏离，才能最终与他们在一起？

7月3日，星期五，晴

又到了我的"光谷假日"了。天气十分晴好，也很凉爽，到下午时天色阴沉了下来。

---

[1] 作者为伊塔洛·卡尔维诺，由译林出版社出版。

书店日记

我打车直奔"山谷里"那家物外书店——这是我"光谷假日"的常规项目。我在书架的迷宫中流连徘徊,好像在寻找什么,毕竟又一个星期过去了,是不是会有什么新东西。我琢磨着、寻觅着……

"姐姐,我不想看书。"只听一个小男孩用撒娇的口吻说着话,然后一溜烟从我身边跑了过去。

还真有新发现——在欧陆书架区,我需要费力仰头的高度——我发现了黑塞[1]的好几本书:《荒原狼》《黑塞童话集》《鸢尾花》《在轮下》。更意外的是,《荒原狼》边上还紧挨着一本《我的奇妙书店》——难得又遇见一本写书店的书,而这次是一位德国书商和一家位于奥地利的老书店的故事。所以这本书,我其实不用拆开外面那层塑封"预读",都会直接买下来。但我还是等不及拆了,带去书店的咖啡区读了几页。

在咖啡区,有人在阅读,有人在玩手机,有人一边阅读一边玩手机——读一会儿书,然后玩一会儿手机。据我观察,在书店里玩手机,会让"玩手机"这件事看上去有些不一样。

"在书店里看书,然后跑去网上购买——这是这个时代最大的恶行。"不知道什么时候,我脑子里突然冒出这个想法来。其实,我曾经也这样干过——坐在书店看书,看到喜欢的,掏出手机查询这本书的价格。但现在我不这样做了。

---

[1] 指赫尔曼·黑塞,他是享誉世界文坛的作家,是1946年诺贝尔文学奖得主。

书店里的书，即便不买不看，我也不会再去网络上买些图便宜的书了。因为我知道即便买了这些"便宜书"回来，自己翻阅它们的概率几乎为零（只要看一下自己书架上或书堆里那些蒙着灰尘、塑封依旧的"新书"就知道了）。我不确定这是不是可以解释"为什么自己买的书越来越多，而看的书却越来越少"这个问题。这的确是一个问题，也的确是一种浪费。

这场疫情过后，我再也没在网络上买过书，而我看过的书和正在看的书在不断增加——它们大多是我在逛书店时不期而遇的。这是一种快乐，更是一种浪漫的动力。这种"逛"的感觉，就像《查令十字街84号》别册中提到的，"……是不完全预设标的物的，你期待且预留着惊喜、发现、不期而遇的空间……"

今天以会员折扣买了四本书——三本德国作家的书（黑塞加入了瑞士籍，在他的名字旁的国籍标记"[德]"不知是否妥当）、一本叙利亚诗人的诗集，并以几百积分兑换了一个书店的黑色布袋。结账时店员告诉我，这布袋上印的建筑图案是书店的汉口分店，而它已经在上个月月底（6月30日）关张歇业了。

那家汉口分店我也去过几次——在"老汉口"一栋欧式的"老房子"里，透着浓浓的岁月感和书卷气。那是一间多么美好的书店啊！

这个城市又增添了一段美好而无奈的回忆。

我又多了一个愿望。

书店日记

7月4日,星期六,小雨

又是阴雨天气。上午给小达尔文讲德语课。不知我那一本叫《德语课》[1]的书放到哪里去了?我很想找出来再读一遍。但其实,叫"再读"并不准确——我还从未完整地读过这本书,只大致记得那是关于一个少年的故事以及他那篇长长的关于"尽职"的作文。

小达尔文一来就略显神秘地说:"告诉你一个好消息。"

"什么好消息啊?"

"我们放暑假了。"他呵呵地笑着说道。

"嗯!这确实是一个好消息!就是说,你们不用在家里上网课了,是吧?"

"对呀!"小孩子满面欢欣的表情总是很有感染力。

下午的雨越下越大,越下越来劲——正是看书的好时候。一边播放手机里音乐App"个性电台"里的音乐,一边听窗外稀里哗啦的雨声,一口气读完了《鸢尾花》[2]。这本童话很薄,但寓意深厚——尤其是末尾那篇《欧洲人》,看着十分好笑又令人感叹不已。

---

1 本书原名为 *Deutschstunde*,作者为西格弗里德·伦茨,由南海出版公司出版。

2 本书原名为 *Iris*,作者为赫尔曼·黑塞,由陕西师范大学出版社出版。这本书是获得了诺贝尔文学奖的作家"浪漫主义最后的骑士"赫尔曼·黑塞难得一见的艺术童话。

晚上看了一部电影——"Jack 和 Rose"[1]主演的《革命之路》（昨天在书店遇见过同名小说）——他俩终于在这部电影里结为了夫妻（让人十分欣慰），然而过得并不幸福。这一次，是"Rose"先离"Jack"而去的——女主先死了。

7月6日，星期一，大雨转晴

一大清早外面又在下雨，雨还不小，并且下得很有特点——使劲地下一会儿，然后停一会儿，其中间隔约为五分钟。每当你以为雨停了的时候，它又开始了——就好像一个需求得不到满足的小孩子，使劲地哭，哭累了就歇一会儿，然后继续哭。如此，给人感觉他总有用不尽的力气和能量，还有流不完的眼泪。

这雨到了下午四五点才真的歇住了。太阳还出来露了一会儿脸。被大雨漂洗过的天空怯怯地躲在灰色的云朵后面，似现非现，但总还是掩饰不住它那一抹纯净无比的浅蓝——这个城里的人为这种特别的颜色取了一个好听的名字，叫它"武汉蓝"。

正好，今天的图书数据录完了，雨也停了，家里也发来催吃饭的信息，一切都刚刚好。

---

[1] 1997年上映的美国电影《泰坦尼克号》中的男女主角，分别由莱昂纳多·迪卡普里奥和凯特·温斯莱特扮演。

书店日记

7月8日，星期三，小雨转晴

高考第二天（因疫情今年高考时间推迟了一个月）。

清晨，天上飘着毛毛细雨——充满了润物细无声的温柔。对这个城市的高考生来说，今天算是一个难得的好天气。到了下午，天空完全放晴了，渐渐闷热起来。

下班时，我特意抬头看了看柚子树上的柚子们——都还在。有的个头直径有十厘米左右，有的稍小一些，还有的更小一些，但都是一样绿油油的可爱。我很庆幸，它们都挺过了昨天那场狂风暴雨。

对于柚子们反重力和抗风暴的能力，我越发感到神奇并钦佩不已。致敬树上的柚子们。

7月9日，星期四，多云

今天上新了一本童话书，名叫《公主向前走》[1]，并以这本书上的一句话作为其简介——总有一天，我的王子会出现。

我喜欢童话，只要是童话，我发现自己的阅读效率会自动提高不少——它们有一种引人入胜的魔力。

---

1 本书原文为 *The Princess Who Believed in Fairy Tales*，意思是，曾经相信童话的公主。作者为马西娅·格拉吉，由南海出版公司出版。

现实生活终究不是童话故事——即便是现实世界中真正的公主，想必也有现实生活的困惑和烦恼。总之，这一天对公主来说，算是比较糟心的一天。

故事是这样的，管辖这个区域的巫师带着几个小跟班和几个巫婆突然来访，要求面见公主——这当然既唐突又无理，公主一向很反感这类突袭式的造访（而且还是一群人）。自然，接下来双方的见面过程也并不那么融洽，巫师和巫婆提出的要求实在让公主感到莫名其妙。

不知是不是受了"巫师来访"导致的负面情绪的影响，后来，公主冷静地删除了她脑子里存储的几个"好友"的记忆，这其中还有一位很特别的王子。只是就连公主自己都说不清，这个王子的特别之处在哪，究竟是其自身或本质很特别，还是公主自己一直认为他很特别，公主身边的人也许更清楚。

公主自以为在她遇到类似"巫师来访"这样糟糕的事件时，她可以第一时间向这个很特别的王子倾诉她的不快和困惑，这次当然也是。然而她却发现，不知从什么时候开始，这个很特别的人对她的倾诉和困惑不再像很久很久以前那样热心肠了。

公主在自己的塔楼上一阵惆怅，但也满心期待地等待着来自王国另一边的讯息，久未等到，她焦虑不安的心终于鼓动她拿出封藏已久的水晶球，想看一看特别的王子在忙些什么——这时，水晶球里浮现出好几枚国王颁发的勋章，其中一枚上刻有王子的名字。原来，他正向朋友炫耀自己最近获得的功勋。忽然间，公主好像明白了什么。

她起身离开放着水晶球的水晶圆桌,缓缓走向那幢高高塔楼的宽大阳台,望向眼前那一片碧绿沉静的湖水,然后平静地删除了水晶球里所有的记忆和影像。是时候说再见了——在心里,公主默念着这句话。

7月10日,星期五,多云转大雨

白天没下雨,到了天黑时又开始下雨了。今天第一次下载使用Zoom参加了一个线上会议,超出了原定会议时间一个小时。没到会议结束,我就下线了,这也算是现代科技的一大进步吧,没必要用"精神火柴棍"强撑着眼皮直到老板喋喋不休地讲到最后一秒。

这个周五的"光谷假日"没能成行,不过我做了很多事情,算是很充实的一天。

7月11日,星期六,多云转大雨

天气和昨天一样——白天算是晴好,晚上八点左右突然天降大雨外加刮大风,这雨说下就下的速度,顶级保时捷怕也是比不上的。

上午给小达尔文上了德语课。这次他带来的"好消息"是下周妈妈要带着他和大卫去姥姥家了,并且说他会在姥姥家的弟弟妹妹面前秀一下自己的德语。我表示赞同,小孩子有这份上进的自信总是好的，他也有理由为自己在德语学习上的执着和坚持感到骄傲。

下午我又去了"山谷"里的那家书店。这次主要是冲着它的图书分类去的，是时候该仔细考察一下了。网上书店里的图书已经突破五十了，除了其中的二十一本算是有比较明确的分类，其余的图书基本上就是随意地混杂在一起变成了"另一大类"——没有分类的那一类。

记得在那本关于书店的日记里，妮基[1]曾说过——顾客其实并不在乎书店里的图书有没有分类，或者图书被放在了哪一类。我一直认为她说得很有道理，并对此话印象深刻。举个例子，每当我自己作为顾客去某一家书店时，大多数时候，我其实并没有明确的目标或者目的——冲着某一本书或者某一件事而去，例如参加书店举办的活动，或者考察一家特色书店的装修风格……

我更喜欢随意地"逛书店"，然后在那里与某一本书邂逅，例如一本曾经看过的电影的原著，或者一本在某部电影里出现过的书，或者一本在别的什么书里被作者提到过的书，又或者一本完全不曾见过、听过的"陌生书"——"你期待且预留着惊喜、发现、不期而遇的空间"。这是一种乐趣，就像我与《查令十字街84号》《死魂灵》的偶遇；就像今天在这家书店遇见了《洛丽塔》（而且是两种不同的版本）——它曾在电影《书店》里出现过，是一本有争议的书，最终那家"老房子书店"关门了，与这本书应该不无关

---

1 《书店日记》里的临时店员。

系,或者说,这本书被当作一起阴谋的工具间接导致了这家"老房子书店"的消失。

其中一个版本被平放在离书店大门不远处的中岛台上展示着,逛书店的人很容易发现它;而另一个封面简洁一点的版本是我在浏览美洲文学区域时无意中在一层书架的最边上发现的——很寂寥地竖立在靠边的角落里。那是一本样书,除此没有发现新书的踪迹。不过我也没打算买,虽然我的确好奇这本书"争议"何在。随缘吧。

另外,今天还碰见了几本很漂亮、很吸引人的书——《发现之旅》《植物大发现:植物猎人的传奇故事》和《米开朗琪罗手稿:文艺复兴大师的素描、书信、诗歌及建筑设计手稿》——无论是封面还是内容,都有着很精美的插画。

去这家书店的路上,我总要经过那片"秘密花园"。这次我发现了一种洁白的小喇叭形状的花朵,凑近闻了闻,有一种淡淡的香气,很舒心,但我不知道它叫什么。对于自己植物学知识的匮乏,我开始感到有一种"饿补"的必要。

7月12日,星期日,阴

今天没下雨,但江水已经豪横地爬上了岸,侵占了人们平时跳广场舞的大平台,并直逼最后一道江堤防线。

今天是周日,破例工作了半天——录了十几本书的数据。下周店里的藏书能突破六十本。

忙完后,去健身房折腾了大半天——从一个器械蹦到另一个器械——先感觉累,坚持着,慢慢身体变得轻松。结束时,又让人感觉很满足。

7月13日,星期一,阴

今天也没下雨。远远目测——洪水没有继续上涨,也没有消退的意思。只要不涨就好——当然不包括股市。说来也怪,近来市场行情的涨势就和那长江洪水一般迅猛,让人弄不清这波涨势的来由何在,各地洪水泛滥、良田不再,房屋被毁,群众受灾……难道各大上市公司在这时候还能创出非凡的业绩来?!

今天在书堆里遇见了凯恩斯[1]——有一种见到故人一般的亲切感。再见凯恩斯,看着一本本书后面的书价,让我不禁想起"CPI[2]"这个经济学术语。要了解我们当下生活中的物价水平是否上涨了、上涨到什么程度了、上涨的速度有多快、幅度有多大,钱是更值钱还是不值钱了……只要查一下统计局发布的CPI数据就清楚了,或者看看美人鱼咖啡馆里一杯咖啡的定价或者一本书的标价,也能窥探一二,咖啡已经让人有点喝不起的感觉了,就不知道,未来社会的人

---

[1] 全名为约翰·梅纳德·凯恩斯(John Maynard Keynes, 1883—1946),出生于英国剑桥,毕业于剑桥大学。他是现代西方经济学家,后世称其为"宏观经济学之父",其代表作有《概率论》《货币论》《就业、利息和货币通论》等。

[2] 全称为Consumer Price Index, 即"消费者物价指数"。

还能否读得起书。

　　大楼广场上的花盆里又出现了几种新植物，其中一种像是热带多肉植物，看上去像撒哈拉沙漠里巨大仙人掌丛林的微缩版，挺可爱的。我把它拍了下来，但同样不知道它叫什么。

7月14日，星期二，阴

　　今天把店里的六十本书分成了十二类。假如以未来六万册藏书的小目标来看，六十——这个数目在我自己看来都显得有一种遥不可及的幼稚。

　　上午，干了一件很白痴的事情。对于自己时不时的愚蠢和轻率，有时真的感到无能为力。是谁说"一个人不会在同一个坑里跌倒两次"?! 这是毫不负责任的谎言。

　　下班后，我又去健身房里折腾了一个多小时，只希望自己能把深藏在毛孔里的那些缺点和无知随着汗水一起排泄掉。

7月15日，星期三，小雨转阴

　　一大清早，天就阴沉沉的，一看就是那种憋足了劲头要下雨的样子。看来我昨天的睡前祈祷不太管用。不过今天这雨下得不算太大，也没下很久。还是要谢天谢地！

今天继续给图书分类。我发现，这后台越来越不怎么好使了。与数月前相比——解决问题的人工客服找不到了，解决问题的通道越来越长，花费的时间、精力和金钱也随之越来越多……对这样的变化我感到烦躁和担忧。

肖恩·白塞尔对亚马逊网站也抱有一种明显的爱恨交加的复杂感情。这很容易理解，一方面，作为独立书店的老板，他不得不依赖亚马逊这个"万能商店"带来的流量和技术方面的支持，但另一方面，他在日记里也毫不掩饰自己对这个"巨无霸"垄断一切的厌恶与蔑视。于他而言，亚马逊就像一个令人厌恶的老板，但他却不得不为"这个老板"打工干活。在自己的书店里，他是自由而骄傲的店主，任凭自己的意志打理经营着自己的书店，但面对亚马逊这个隐形却又无处不在的"老板"，他常常感到无能为力。

下午，我约了发小出来聚聚。疫情开始后，我们已经有很久没有见过面了。幸运的是，大家都安然无恙地熬过了这次疫情。

我们在武商广场碰面，从这儿出发，一路沿着万松园逛到花园道——一路掰莲蓬、吃烧烤、灌汽水、喝咖啡……一路漫步，一路闲聊。夜幕降临时，咖啡馆临街窗外的一棵高大的法国梧桐树上亮起了彩灯，是那种很讨人喜欢的暖黄色灯光，竟让我在一瞬间想起了圣诞节。

从咖啡馆出来，我们穿过夜幕中缓缓的车流、灯光和街道，来到西北湖边，在湖对面那一屋子灯光的隐约指引下——德芭与彩虹书店就在那儿了。

书店日记

7月17日，星期五，小雨

地点：光谷物外书店

人物：书店店员、我

我说："麻烦可以帮我找一本书吗？"

店员说："您告诉我书名吧？"

我说："《莎士比亚书店》。"

店员回答道："我们店里还有一本，是个蓝色的封面，就在美洲书架那一块，您可以去找找看。"

听店员这么说，我很开心，但同时也有点担心上次在西西弗书店发生的同样的情景会在这里重演。那一次，书店店员也和我说过几乎同样的话："我们书店还有一本，放在某某书架上"——但最后怎么也没找到。

"这本书怎么会放在美洲书架上呢？"——我在想，并满怀希望地走到美洲书架前，从右向左，从上到下，一排一排仔细地搜索着任何一本蓝色封面的书……没有找到"《莎士比亚书店》蓝"。我不想就此放弃，然后顺着美洲书架转到隔壁的欧陆书架上继续搜寻。我想，塞纳河边的莎士比亚书店更有可能出现在这个区域——当然，这就涉及图书分类的学问了。我在欧陆书架上也没能找到。

无奈中我只好向忙碌的书店店员求助，她热心地帮我在美洲书架上上下下搜寻了片刻，起身对我说："找不到呢，可能有其他顾客拿走去看了。"

"您确定它还在店里吗?"我想再确认一下。

"是的,库存显示还有一本。"店员回答说。

既然它还在店里,就一定在某个地方。我这么寻思着,依然不准备放弃。忽然,我发现自己似乎漏掉了某个地方,那就是刚才店员俯身蹲下的那个地方——那是美洲书架最底下的一层——需要顾客俯身蹲下并低头,才能看到里面摆放的那些书。之前,我要么站着找,要么略弯着腰,要么昂着脑袋踮着脚尖向上瞧,还从未放低身体蹲下来找过,所以,这一小块地方我从未留意过。

我蹲下来,费力地歪着脑袋,手指从右向左,一一滑过那一排图书的书脊,还没等滑到尽头,我就在居中的位置发现了那本深蓝色的《莎士比亚书店》。

"我找到了!"——去柜台付款时,我举着它,开心地傻笑着对书店店员说。

7月20日,星期一,阴

今天没下雨,阴沉了一整天,很凉爽。

海莲·汉芙在1949年12月8日的信中这样写道:

……我着实喜爱被前人翻读过无数回的旧书。上次《哈兹里特散文选》寄达时,翻开就看到扉页上写着"我厌恶读新书",我不禁对这位未曾谋面的前任书主肃然高呼:

书店日记

"同志[1]!"

《查令十字街84号》是一本很简单、很容易读,也很吸引人的小书,不知不觉间我已经来到了1951年10月20日这一天——弗兰克·德尔在他给汉芙小姐的信中末尾写道:

……我们都期盼大选后日子会好转。如果丘吉尔先生和他的政党能赢得选举——这也是我的衷心期望,将会是一件振奋民心的好事。

但不论是海莲·汉芙还是弗兰克·德尔,他们都不知道,10月20日的这一天,在遥远的东方的一个神奇古老的国度里,在一个偏远安静的小村庄里,一个漂亮可爱的女娃出生了。她有着一双无比明亮动人的大眼睛,等女娃睁开双眼的那一刻,她闪亮清澈的目光瞬间点亮了整个小村庄的光明和希望。

7月21日,星期二,雨

早上又开始下雨了——还有完没完。

远远望着依然盘踞在岸上不愿退去的洪水,我正感慨,发现有人发了一条社交动态:我最爱雨后的城市,恰如我爱这首德彪西的《雨中花园》。

我也很喜欢雨后的城市——看着更加干净,空气也更加清新,少了许多浮华之气,触摸起来也更加贴心。然而,

---

[1] 书上写的是"同志",我认为译成"知音"更合适。

要是雨水太多，就像如今这样——侵占了河岸、威胁着堤防和里面的城市，就只能让人敬而远之了。任何东西只要到了"太多"以至"泛滥"的程度，就会变味儿。

这雨要是下在了汉朝、宋朝……我想那些朝廷的言官大臣们一定会找皇帝理论，搬出"天人感应学说"，直言进谏，皇帝后宫豢养冗员太甚、奢靡太过、不思俭省、不思民疾、无所事事、明争暗斗……故遭此天灾云云。要遇到开明圣君，这皇帝也必当从善如流、以身作则，节俭饮食起居，常于深夜静跪于祖先的庄严画像之前自我反省。

最近重温了英剧《神探夏洛克》，看到第四季，华生医生的妻子玛丽死了。在此之前，她留了一段录影带给夏洛克，她说："我终究要为我过去的人生负责……"

不久，我又发现了《奥菲莉娅》——这部唯美的影片把丹麦王子哈姆雷特的黑灰悲剧拍成了格林兄弟笔下幻彩的童话。

影片最后，王子哈姆雷特同样被他的叔叔以毒药的诡计害死，王子的母亲丹麦王后又亲手以长剑刺穿了她丈夫[1]的胸膛，为她的儿子报了毒害之仇，然后自己喝下毒药，挪威人攻入了丹麦王国……金碧辉煌的王宫大殿里血流成河。

今天，一位老友冒着大雨过来，趴在我的肩头放声大哭。

"我终究要为我过去的人生负责……"这一天，这句

---

[1] 指丹麦王后的第二任丈夫——她第一任丈夫的弟弟，也是哈姆雷特王子的叔叔。他毒害了自己的哥哥，窃取了他的王冠、王国和妻子。之后他又以毒药的诡计害死了哈姆雷特王子。

话，不停地在我脑海里起伏翻涌。

希望哪天能遇见《奥菲莉娅》这本同名小说——如果真有的话。

7月23日，星期四，晴

你是我生命中最特别的存在。我不能没有你。

——《从此以后》[1]，夏目漱石[2]

今天是个大晴天，很热。

店里线上图书今天突破七十本。从早上九点一直忙到下午五点整——每当头昏眼花时，我就会默默地问自己，花费这么多时间、精力在这些旧书上，值得吗？

下午，有个朋友发了一条社交动态，就四个字：

身心俱疲（旁边有一个笑脸表情）。

其实大家都不容易。我想起刚才在录入《哈姆雷特：莎士比亚戏剧选》[3]时，与书里的那几句经典重逢，记下来，权当是给明天的自己打打气：

生存还是毁灭，这是一个值得思考的问题；漠然忍受命运的暴虐的毒箭，或是挺身反抗人世的无涯的苦难，在奋斗中扫清那一切，这两种行为，哪一种更高贵？……

---

[1] 我认为该书翻译成《从那以后》更合适。
[2] 夏目漱石（1867—1916），本名为夏目金之助，日本小说家，在日本被誉为"国民大作家"。
[3] 作者为威廉·莎士比亚，朱生豪翻译的版本，由译林版社出版。

总之，王子有王子的烦恼，平民有平民的困惑。

肚子开始咕咕叫了，今天晚上吃什么呢？去哪儿吃呢？……

今天我在电影库里发现了一部影片《彼布利亚古书堂事件手帖》，好像也是根据一部同名小说改编的。

这部影片，于我而言，无异于一本生动完美的教科书——关于古书的知识，隐藏在古书背后的故事，嗜书如痴、不食人间烟火的书店女孩，朦胧纯洁的书店爱情……

"你是我生命中最特别的存在。"影片最后，大辅用温柔而坚定的眼神看着栞[1]子，对她说。

希望有一天能在某一家书店遇见《小丑之花》和《晚年》[2]，或者夏目漱石的《从此以后》。

7月24日，星期五，多云

今天没下雨，今天没有自己煮咖啡，今天也没有开机——花了一上午读完了《查令十字街84号》，这似乎是我与这本书的一个约定。

说这本书"好看"，可能也不算准确——它没有豪华的块头，没有吸睛的封面，没有复杂的人物关系和惊艳的情节设置……它只是一本很安静的书——即便轻声播放巴赫的音乐作为阅读背景，都会让我觉得很吵。

---

1 栞，发音kān，同"刊"音。
2 《小丑之花》和《晚年》均为太宰治的作品。

书店日记

看到最后一页掩卷的那一刻，我竟有些依依不舍。

你们若恰好经过查令十字街84号，请代我献上一吻，我亏欠她良多……书上写道。

晚饭后，我一路徒步，经过在马路边、在广场上跳舞的人群和路灯下盛开的月季花树……

进到书店，我找了一圈，没有发现《晚年》，没有《从此以后》，也没发现《小丑之花》。不过还是有意外的收获——一本《夏目漱石短篇小说选集》，没有塑封包裹，看上去旧旧的，想必是常常被这家书店的读者翻阅的；还有一本《所谓世间，那就是你》，里面收录了太宰治和另外三位日本作家的作品——同样没有塑封，连腰封都已是残破不全的了。询问了书店店员后，得到了如下信息。

这本《所谓世间，那就是你》是店里唯一的一本。她很确定，因为有个女孩也曾经询问过她；不过其他门店还有货，如果我想要这本书的新书，可以留下联系方式，她可以为我订购一本，到时候过来取就可以了。

我手中这本短篇小说集也是这店里唯一的一本，而且其他门店没有货了，因为这本书是2017年出版的，价格也很便宜，以后应该不会再印了。这本书，如果我想买的话，可以打九折卖给我。

所以，没有太多选择。最后，我以九折的价格买下了那本短篇小说集，并留下电话订购了另一本——也许要等待两周左右，书店女孩说。但这有什么关系？除了满满的期待。

《所谓世间，那就是你》——多美的名字啊。

7月25日，星期六，多云

"我独处的每一个地方都是威尼斯。"清晨做小葱蛋花汤时，脑海里竟然咕噜咕噜地冒出这么一句话来。

这小葱蛋花汤怎么就和威尼斯忽然扯上关系了呢？我有点纳闷——难道是因为昨晚在书店瞅见了书架上的那本《威尼斯——美食、祈祷与爱》？

可不是嘛！此刻，老民众乐园隔壁的这家老店咖啡馆就是"威尼斯"；此时，屏幕里的这张白纸就是"威尼斯"……

这间咖啡馆极有特色，整个空间飘溢着浓浓的咖啡香和旧时老汉口的古旧味道。我在这里记日记，右手边坐着一位全身穿着洁白衣服的女孩，高挑纤弱，手捧着一本厚厚的书在读。

咖啡馆服务生为她端上咖啡时问她："姐姐，你在看什么书？"

"哲学书。"女孩微笑着回答道。

我认为，"纤弱"的只是她的外表。

我左手边一位年龄稍长一些的女士用钢笔在她的笔记本上书写着什么。用钢笔写字——如今，很少有人这样做了。

咖啡有点苦，写东西也耗费脑力，我拿出了十元纸币在这咖啡馆里买了一个七元钱的棒棒糖，店员面带难色地问我可不可以电子支付。我坚持以纸币支付。如今，也很少有人这样做了。

7月26日，星期日，雨

早上又开始下雨，但不算很大的雨。

今天什么正事也没干——没开机，没运动，没看书。

只是窝在沙发里重温了影片《史密斯夫妇》[1]——这两人是天造地设的一对佳人，但最后男女主角还是在现实中离婚了。

不知怎么又忽然想起了《巴黎圣母院》[2]，在电影库里翻找了出来——还是1956年版的"老电影"。

至今我都还没看过雨果[3]的这部传世经典之作，其中原因大概在于——用海莲·汉芙的话说，"充其量就是故事嘛，我讨厌虚构故事这事儿你是晓得的……我就是不喜欢故事。"然而，要说所有小说都是"虚构"，其实也不尽然——是，也不是。

---

1 该影片的英文名为 Mr. & Mrs. Smith，2005年上映的美国电影，由美国影星布拉德·皮特和安吉丽娜·朱莉主演。

2 同名小说的作者为维克多·雨果，南方出版社和花城出版社均出版过此书的中译本。

3 全名为维克多·雨果（Victor Hugo，1802-1885），法国积极浪漫主义文学的代表作家，代表作品有《巴黎圣母院》《悲惨世界》《笑面人》等。

英剧《神探夏洛克》里的"那个女人[1]"曾对夏洛克说过一句十分经典的话(台词)——伪装是最好的自画像。

现在,我不再认为小说都是"虚构"的,但一定是经过精心"伪装"的。

7月27日,星期一,雨

又开始下雨了,穿着红黄背心的工作人员(今天我看见的大多数是女性)不分昼夜地在看守堤防的两个集装箱简易小屋前值守。天黑后,身穿亮黄色带荧光条背心的男人们一前一后地排成小队,拿着手电筒在沿江寻堤——只见那手电筒的光束在他们周围前后左右地晃来晃去——警觉而坚定。

今天看完了《巴黎圣母院》的后半部分。

"……两年之后人们发现了两具尸骨,其中一个紧紧抱着另一个,当有人想把他们分开的时候,他们立即化为了尘土。"

片尾,一层细细的尘土被风轻轻地吹开,浮现出三个字母—— FIN[2] ——结束了。

---

1 原文是 The Woman,其中定冠词"the"含有特别、特指、敬畏与爱慕的含义,不能省略。

2 Fin,法语单词,意思是结束、完结。

书店日记

7月28日，星期二，雨

一大清早，天上又下起了淅淅沥沥的小雨。但我发现，这个季节，在武汉这个城市，只要是清晨开始下的小雨，就很少会持续一整天，多数时候是还不到中午就停了——今天也是一样。到了下午两三点，太阳已经出来了，地上浅浅的积水慢慢变成了蒸汽，走在马路上感到热气腾腾的。

雨后，眼前的一切仿佛都自带了滤镜。堤防的围墙被这下午的阳光照射得更加白晃晃的；柚子树的绿色变得更浓郁了；树下几个蹒跚学步的宝宝摇摇晃晃地走来走去，好奇地探寻着周围的环境——阳光下的喷泉、花坛里的花花草草……他们不需要滤镜，他们自带天使的光环。

今天翻看了一下《书店女孩》[1]这本书。与海莲·汉芙的那本"故事[2]"相比，这本书的情节设置就复杂多了，也更显刻意——就像是一个书店版的《盗梦空间》[3]。我原本不喜欢读小说，但这并不妨碍我好奇别的作家是怎么编故事的。

读这本书时，我发现了一个十分有趣的现象——在我读到的那几个有限的章节里出现了好几个在海莲·汉芙的

1　原文为 *The Bookseller*，作者为辛西娅·斯旺森，曾获得"薇拉文学大奖"，由百花洲文艺出版社出版。
2　指《查令十字街84号》。
3　2010年上映的美国电影，由莱昂纳多·迪卡普里奥主演。

《查令十字街84号》里也出现过的作家和书，比如乔叟和他的《坎特伯雷故事集》，比如亨利·詹姆斯[1]……我大致可以推断出这两位女作家有着颇为相似地对书籍的偏好与品味，也许，她俩还有着相似的人生经历，至少都有些孤独（或者时常感觉孤独）。也许是我妄自揣度吧，但这绝不是一种"评价"，这只是她们的文字渗透层层纸张，穿越遥远的时空，传递给我的感受罢了——明显而强烈。

记得，我曾经在"山谷"里那家物外书店见过一本毛姆[2]写的文学评论集《阅读是一个随身携带的避难所》，写作何尝又不是？它是那些心有忧戚的作家们的"巴黎圣母院"。

是时候读一读雨果的这部世界名著了。

7月29日，星期三，晴

天气晴好。今天我又去了中山大道的那家"老店咖啡馆"办公。

虽然已经去过那家店很多次了，但至今我都没有真正留意过这家店的门牌号码是多少！

相比欧美人，尤其是在欧洲大陆生活的人，我总觉得

---

[1] 亨利·詹姆斯（Henry James, 1843-1916），美国小说家，文学批评家，剧作家和散文家。

[2] 全名为威廉·萨默塞特·毛姆（William Somerset Maugham, 1874-1965），英国小说家、剧作家、散文家。代表作有《人性的枷锁》《月亮与六便士》等。

📚 书店日记

中国人对于街道和门牌号这样的寻常细节或者信息并不十分在意。我们更在意的是某条街道某个门牌号所在的"实体"的名字,比如汉街上曾经有过一家"文华书店[1]",我跟老姐曾经常光顾那里,但这家书店具体位于"汉街多少号",我却从未留意过;又比如,这家"老店咖啡馆"的隔壁就是"武汉国民政府旧址"——这栋老建筑的大门边上挂着一块刻有这几个字样的石制铭牌。那它的门牌号具体是多少?——我没留意过。尽管,门牌也挂在大门边上。

要是有某一位英国作家写一本关于这栋武汉老建筑的故事,我想她或者他更有可能用这栋历史建筑的门牌号作为书名,例如《中山大道521号事件》;但若是换成一位中国作家,这本书的书名很可能就是《武汉国民政府旧址事件》。同样的题材、同样的内容,不知哪一个书名对读者更有吸引力。

在这家咖啡馆,我又遇见了上次那个一身白衣、神仙一般的女孩,她比我晚一点到,不过今天她穿了一身黑衣,和那天一样盘了一个不高不低的发髻,也和那天一样带了一本书来看。不知还是不是上次那本哲学书,应该不会,目测她今天看的这本书没有上次那本厚实——但也说不定,也可能是另一本关于哲学的书。

难得这女孩和我有相似的阅读爱好,这般情节,只怕是电影里才会有。要是放在影视剧本里,我和这女孩应该在这第二次的咖啡馆偶遇中就相互认识了,然后我们一起聊聊

---

[1] 早已经关门歇业了。

书、聊聊哲学……我会坦言，其实我对哲学知之甚少，只是单纯的喜欢而已。或者我们再聊聊各自的经历，也许，我们会成为很好的朋友，我的意思是，真正的朋友——有着大致相同的兴趣爱好、共同的语言、彼此都喜欢听对方说话、彼此都知道对方在说什么，并有共鸣。也许我们还会在那家"老店咖啡馆"遇见吧。

后天，我一定会搞清楚"武汉国民政府旧址"的门牌号是多少。

7月30日，星期四，晴

天气依旧晴好。

原来是中山大道708号[1]，我专程拍了照片为证。

下午从咖啡馆出来，我按计划参观了"中山大道708号"，这样写出来的感觉酷酷的。更酷的是，我竟是唯一的参观者。馆内安安静静的，没有寻常博物馆里那种常见的嘈杂喧哗，或者窃窃私语，或者鞋子被拖着走的脚步声。我只听见自己轻轻的脚步声，还有各展厅门头两边电风扇左右摇头时发出的"呼呼呼"的声音。

此时此地，我独享着这个历史的空间，感受着它的静谧庄严。我在眼前的时空里还原着那些赫赫有名的历史人物在这里走动穿梭的光景——毛泽东、周恩来、宋庆龄、宋

---

[1] 武汉国民政府旧址纪念馆，全国重点文物保护单位。

子文、董必武、邓演达……有一瞬间,我似乎感觉他们仍在这个空间里忙忙碌碌、踱来踱去、进进出出……

无论具有何等伟大的远见,我想,他们中的任何一位都不曾料想自己在1927年播撒的革命种子能够长成现在这棵参天巨树。

当我从纪念馆出来的时候,大门口的阳光格外耀眼,我的眼睛略微适应了一下,我又看了一眼那块蓝底白字的门牌——中山大道708号!

回去的路上,我意外发现,如今"初开堂"这家中药铺所在的位置——中山大道371号,曾经是"长江书店旧址"。旧址铭牌上刻录的年份也是1927年,只是不知道这个年份具体是指什么。我相信这条街道上以及这片"老汉口"区域一定藏有更多关于这家"长江书店"的故事和秘密。

/ 八月 /

8月2日,星期日,晴

天气晴好,三伏炎热模式继续。

夜晚,在没有太多城市灯光的地方,我仰头望了一眼那夜空,竟然发现了不少星星——或明亮,或不明亮;或远,或近;或闪耀,或安静……总之是有了一副"星空"的模样。久违了——我的星空灿烂。

我感觉天似乎更蓝了,云也更白了。望着天边那一轮明月,我想起了一首诗。

8月3日,星期一,晴

今天店里的藏书突破了八十本——怀疑与坚持不断抗衡的结果。我发现作为一名书商,面临着一个很现实的风险——书卖不出去倒是其次,每当接触一本书,采录它的数据时，我都有强烈地想要（再）读一读这本书的想法。长此以往，我想要读的书只会在心里越堆越多、越堆越高。

所以，化解这种风险的办法，只能是将爱好与工作严格区分开。工作时间之外，书是兴趣爱好、是朋友、是知己、是好伙伴；工作时间里，图书只是工作的标的和对象，不附带任何感情色彩。

8月7日，星期五，多云

今天立秋。虽然无形，看不见，但书店的内核又成长了一点点。我相信，只要坚持下去，这家书店总有生长、成形、茁壮的那一天。

"我要！我要！我要！"导游固执地唱道。哎，要是我还能回头，该有多好！可惜，我在导游的大力支持下早已翻山越岭，绝对、绝对回不去了。[1]

尽管现在还没有到达"翻山越岭"的地步，但是，在我内心这个向导的指引和陪伴下我早已出发在路上了。我喜欢这一路上的风景、音乐和巧遇——很美丽，很动听，也很有趣。

---

1 出自《黑塞童话集》中的故事《此道难》。作者为赫尔曼·黑塞，由上海译文出版社出版。

8月9日,星期日,小雨

"妈妈,我的书呢?"只听见身边一个小女娃用稚气的声音问妈妈。

"向前走,向前走。"跟在孩子身后的年轻妈妈轻声告诉她。

这个小女孩是幸运的,我一边想一边站在书架前浏览架上那些或熟悉,或陌生的书。

在同一个巨大的空间里,有的小女孩在大人的陪伴下,在充气的橡胶城堡里嬉戏玩耍;有的小女孩由爸爸陪着,坐在咖啡馆里玩手游、吃蛋糕;有的小女孩化着浓重的彩妆由奶奶陪着在通往洗手间的走廊里换着姿势拍照;有的小孩儿在不知何处的角落里声嘶力竭地尖叫。

有两三周没有到这家书店来了。我这周的阅读地图的飞镖落在了意大利——《帕尔马修道院》[1]《十日谈》《安魂曲》[2]《托斯卡纳的群山》[3]……我猜,我应该是想度假了。

昨天我梦见自己搭乘火车沿着一条大河(好像是莱茵河)旅行——沿着那条宽阔明亮的河流,我能清晰地看见

---

[1] 本书原文为 *La Chartreuse De Parme*,法国作家司汤达创作的长篇小说,首次出版于1839年,讲述了一个生不逢时的意大利青年法布利斯与几个女人的爱情故事。

[2] 作者为安东尼奥·塔布齐,由人民文学出版社出版。

[3] 原文为 *The Hills of Tuscany*,作者为费伦茨·马特,本书是他的"托斯卡纳三部曲"之一,由北京出版集团出版。

那绿意绵延的群山,能看见那一排排矗立于山顶的灰暗坚实的古堡,随着火车的前行,山峦和古堡在眼前消失又重现,交替着出现……忽然,巴黎圣母院出现在我的眼前。真有意思,巴黎圣母院怎么会出现在这里?我记得,自己在这梦里就是这么想的;我记得,这"梦中旅行"的后半部分也有不尽如人意之处,所以总体而言,这次"旅行"也只能算还行。如果这梦再做长一点,我很好奇这火车会把我带到哪里去?沿途不知还会见到何种风景?……然而,梦总还是会醒来,不管是好是坏。

回到家,我迫不及待地想要打开《托斯卡纳的群山》——在那里继续我未完的旅行。

8月10日,星期一,阴

三天前已经立秋了。早上的天阴沉沉的——不是暗示着马上要下雨的那种,只是让这清晨多了一份初秋的凉爽。

在硚口吃了一顿很美味很地道的汉派早餐——牛肉粉搭配面窝,在隔壁小店又点了一碗白花花的豆腐脑,真是美味又油腻。在这一片美味的蛊惑下,我这脑洞也早早地大开其门,一边品着美味,一边思绪万千。

沿着中山大道一路骑行,我一边寻找那一杯解腻的咖啡,一边感受着这座城市清晨的自由与活力,脑海里依然思绪不断,只是换了一个主题。一不留神,我把车骑到了无障碍通道上,车轮很快失去了正常的摩擦力,下一秒车轮开始打滑,紧接着摔了一个"狗啃泥"。

这就是"不务正道"的结果吧,但也可能是昨天书店里的那只长脚蜘蛛在报复我的多话,才让我一大早摔了这么大一个跟头。

《拔舌雀》[1]里面那只善良但是多话的小麻雀就是因为叽叽喳喳地陪老爷爷聊天,才被他那位嫉妒心很重的老婆拔去了小舌头,从此再也不能叽叽喳喳了。不管是不是蜘蛛的报复,总之,平时不要多话总是好的,骑车时不要胡思乱想也总是没错的。

但这个大跟头也不是摔得全无收获——我竟摔出来一个想法,比如,写一本"武汉故事集",或者一部以1927年前后的武汉为背景的历史谍战剧,可以取名叫《中山大道708号》,然后它会被拍成一部精彩的电影……

为什么不呢?在这个城市里,在"老汉口",藏着那么多历史、那么多故事,就在我摔跤的这条大道上应该就有不少历史故事等待着被发掘被发现。只可惜,有很多事、有很多东西,它们从我们眼前、从我们的记忆里消失的速度总是快于它们被人们重新发掘的速度,而挖掘城市的历史文化底蕴,只能是某些历史学家或者某些有怀旧情结的当地作家孤独的个人行为与爱好。

武汉,是一个有底蕴、有深度、有故事的城市,它的过去不该被轻易地丢弃和遗忘。

下午在这中山大道的侧街上,我发现了一个很大的露

---

[1] 日本作家太宰治的作品《御伽草纸》中的一则故事。

书店日记

天菜市场,看着那些一个个紧挨的摊位上那一堆堆花花绿绿、水灵灵的新鲜蔬菜,真的让人赏心悦目,精神振奋。这与我进到书店里的感觉是那么相似,每一种蔬菜就是一本书——一本由大自然书写的杰作,关于天时、关于四季、关于土地、关于劳作,也关于收获……

8月11日,星期二,晴

天气不错。太宰治的《御伽草纸》[1]有四篇,看了其中三篇,就当是看完了吧。

今天我才在这本书上发现了一段很有意思的文字:

《大薮春彦的世界》里收录了与三岛由纪夫的对话。三岛嫌弃太宰治的作品无趣,大薮春彦问:"您要把《御伽草纸》也算进去吗?"三岛无言以对。

我手上这个版本的《御伽草纸》的封面以蓝色为底色(我发现书店里又出现了一种以粉色为底色的新版本)——象征着故事《浦岛太郎》里那片幽深的大海,封面上还有一双深粉色的大手,摊开的手掌上捧着一个白色的贝壳,微微张开的贝壳里放射出三道蓝绿色的光芒。

这本书里的故事,若是与黑塞的故事相比较,就文笔而言,我认为不及黑塞的故事细腻含蓄深沉,太宰治的故事更偏于大男孩式的戏谑和粗糙。然而,要论故事的寓意效

---

[1] 作者为太宰治,由天津人民出版社出版。

果，这两人的故事同样出色，同样令人印象深刻。

"所有的女性心中，都有一只毫无慈悲之心的兔子；而男性心中，总有一只善良的山狸载沉载浮，濒临溺死……恐怕就读者诸君而言，也并不例外吧。"太宰治在《噼啪噼啪山》的结尾处如是说。

"……爱上你难道有错吗？"

——就这个永恒的主题，从这个故事里山狸的悲惨个案来看，它爱上了兔子绝对是一个错误，一个很大的错误。

其实，我很想收藏这本书，这个"蓝色大海"的版本，它实在是有趣。

今年的上海书展明天就要开幕了，为期一周，"魔都"人民是幸福的！一个城市能拥有自己的全国性书展！这真让人羡慕！——因为，武汉没有。

8月12日，星期三，晴

清晨的天气很好——阳光充足，温度适中，空气在时空里欢快地流动。树上的柚子又变大了，像被谁偷偷充了气一样，鼓鼓囊囊地好似皮球，依然挂在细细的枝条上，随着风慢悠悠、沉甸甸地晃来晃去。

柚子树下，已经有几位年轻的宝妈，还有一些爷爷奶奶带着家里的宝宝在玩耍，或在欢快的喷泉边散步。

下午我随心挑出一本《黑塞童话集》来看——从下午一直读到了晚上。来到"魔法师的童年"时，我刚读完首页上那几行"诗句",就感觉困意难忍。

又一次,我又
进了你的泉,昔日可爱的传说,
听到远处传来你灿烂的歌,
听你欢笑、做梦、啜泣。
从你深处警告地
轻轻传来那句咒语,
我感到我醉了、睡了
而你不断喊我……

这些文字似乎被施了催眠的魔法,我也感到我醉了、困了、要睡着了……黑塞的文字,有一种温柔的魔力。

8月13日,星期四,晴

猛兽洪水退走好几天了,河岸一点一点被这个城市勇敢的居民夺了回来。天气从湿热模式进入了初秋的干热模式,不过早晚时段还是要凉快许多。

今天应该可以把童话集看完。

8月14日,星期五,晴

天气很好。今天换了一间办公室——离水吧和公共书架更近了,这挺好的。

下班后"刷"了一部影片《魔鬼小提琴家帕格尼尼》。在大卫·嘉雷特的音乐专辑《嘉雷特 Vs. 帕格尼尼》[1]的留言评论里发现了这部影片,真是一个小小的惊喜。

这部影片藏在《魔鬼的颤音》(*Devil's Trill Sonata*)这首曲子的评论下面,一个叫"老鱼"的人这样写道:

《魔鬼的颤音》是意大利小提琴家朱塞佩·塔蒂尼[2]所写。在1713年的一个晚上,我梦见我以灵魂与魔鬼订了一个契约。一切就像我期盼的那样进行:我的新仆人能清楚地感知并实行我每一个欲念。此外,我把我的小提琴递给了他,想看看他会不会演奏。于是我听到了一首让我震惊得无以言表的极优美动听的曲子,它是如此艺术,充满了惊人的智慧,即使是之前我最为大胆的幻想里也从没能有过类似的灵感。我是如此的狂喜,万分的激动,无比的心醉,乃至于我听得窒息了。

Tartini's Violin Sonata in G Minor, Op. 1/6, The Devil's Trill(《魔鬼的颤音》,塔蒂尼小提琴奏鸣曲,G小调)——这位"老鱼"又给我留下了一条很宝贵的线索。

在这张专辑的一首曲子下面,我也留下了我来过的印记:不知在什么时候,什么地方,我爱上了意大利。

---

[1] *Garrett Vs. Paganini*,2013年由唱片公司Decca发行,演奏大卫·嘉雷特(David Garrett)、尼科罗·帕格尼尼(Niccolo Paganini)。

[2] 朱塞佩·塔蒂尼(Giuseppe Tartini,1692—1770)是意大利的作曲家、小提琴家、音乐理论家。其代表作品以《科莱里主题变奏曲》和《魔鬼的颤音》最为著名。

📚 书店日记

8月15日，星期六，晴

"爸爸，你什么时候来我家？"

今天上课之前，小达尔文又给我讲了一则他弟弟的趣事，说着说着，他自己又忍不住呵呵呵地笑起来。

小孩子的天真可爱是浑然天成的。

听到小达尔文的这句话，我想一位作家或者诗人也许会想引用我昨天日记里的那句话——即使是之前我最为大胆的幻想里也从没能有过类似的灵感。

下午，我冒着桑拿一般的气温，去了那家书店，想买一本学习意大利语的工具书。可惜我没发现什么好的教材，书架上摆放的英语、德语、日语的工具书还是居多，有点遗憾。

意大利语，多么奇幻而瑰丽的一种语言啊——它是帕格尼尼的语言、它是小提琴的语言、它是歌剧的语言、它是文艺复兴的语言、它是威尼斯狂欢节的语言，它也是魔鬼与塔蒂尼订立契约的语言……

实在不愿空手而回，只得勉强挑选了一本封面上写着类似于"吃喝玩乐，一本就够"的书。如今无数的语言工具书上，都以大字醒目地标榜着"速成"的理想和愿望——好像不论你想去哪儿、想学哪个国家的语言，"只要这一本就够"的感觉，真是明目张胆得可笑。但我还是买下了，没有更合适的选择,另外,我可以用自己的方式利用这本书。

在书架上我发现了一本芬兰作者写的关于"芬兰式幸福生活"的书,然后带进书店咖啡馆坐下来安稳地阅读。不知不觉地过了几个小时,我从阳光灿烂,读到太阳下山,再到关山大道上的华灯初上。从咖啡馆的玻璃幕墙放眼望出去,夜市也已是星光点缀,人们慢慢地聚拢到一起,聚到一个一个方寸之间的小小摊位前,缓缓地流动……

离我不远的一张单人沙发上,一个穿着深蓝色运动衫的小男孩,胖嘟嘟的,仰坐在沙发里睡觉——看上去舒舒服服的,睡得很熟,睡得毫无顾忌。小男孩的妈妈坐在孩子旁边的沙发上学习着什么,她戴着耳塞,面前横摆着一个手机,手里还拿着一支笔,很认真的样子,好像掉进了自己的世界里,而小男孩继续着他的好梦……

有人说,你永远叫不醒一个装睡的人。

我想说,如果你不去叫醒一个装睡的人,会发生什么呢?

答案是,他会自己醒来。

后来,夜色又深沉了一些,小男孩自己醒了,用手揉了揉惺忪的眼睛,好像要适应一下这空间里的光线,然后他歪着小脑袋左右瞅了瞅——妈妈还在身边。

关于芬兰的这本书很容易读,当我决定离开的时候,差不多已经看完了。

有意思的是,这本书的最后提到了一个图书馆——一座新建的颂歌图书馆,在芬兰首都赫尔辛基市中心。

📚 书店日记

2019年它被评为世界最佳公共图书馆。有人说:"如果世界上真有天堂存在,那么我觉得应该是这家图书馆的样子。"

在首都最昂贵的地段,赫尔辛基市耗费10年,斥资9800万欧元,为市民修建了这个近乎完美的自由空间。设计图书馆的ALA建筑事务所,花了五年时间倾听大家的想法,收集了数万条建议,执着地将天马行空的想法一一实现……设计师把阳光最好的三楼留了一半给孩子们,还设计了专门的婴儿车"停车场",并准备了大量供免费借阅的儿童书籍、玩具——"我们认为孩子们的噪音是积极的噪音,这让我们听到了未来。"看到这句话,你心里有没有涌起久违的温暖和幸福?[1]

8月16日,星期日,晴

今天尝试了一次早起——五点三十五分,看似很早,其实在没有高楼和窗帘遮挡的地方,日光已是清澈明亮,一弯如钩的新月依然高挂在深蓝的天幕上,离她不远的东北方向,有一颗明亮的星星在静静地陪伴她。

太阳神阿波罗已经准备好出发,临行前,他为月亮女神送上了半边天幕的粉色云霞,形如凤凰,又状如鱼龙,飘

---

[1] 引自《芬兰人幸福的艺术:SISU创造向往的生活》,作者为乔安娜·尼隆德(Joanna Nylund),由机械工业出版社出版。

浮在金色的丝带彩云之上。我想,这是阿波罗对月亮女神表达的爱意与敬慕吧。

六点十五分,太阳神驾着他金色的战车出现在东方的天际线,他手上的金色盾牌将他迷人耀目的光芒折射进了房间的墙壁之上——一个多么伟大而勤劳的油漆匠!

今天开始读《安魂曲》,这是一本薄薄的小书,一本有趣的书。随机翻开一页,可能会让人感觉无趣,但当你从第一页开始读它时,又会让人不想放下。第一个故事是属于有点阴郁的那种,接近中午的时候读它是一个不错的时间。

七月的某个周日在寂寥闷热的里斯本发生的这则故事,是我称之为"我"的人物用本书演奏的一首安魂曲。……这不只是一部"奏鸣曲",它还是一个梦,梦中,我的人物发现自己在同一个界上与生者和亡灵相遇……本书是一份敬意,献给我接纳且受到它接纳的国家、我热爱且受到他们热爱的人民。(《安魂曲》)

——在这本书西瓜红色的腰封上印着这样一段文字,旁边还有一小幅作者的黑白照片。

安东尼奥·塔布齐[1]写道:我的书讲述的是失败者,一些迷失了方向、正在寻寻觅觅的人。……他们通过其他人来寻找自己,我认为这是寻找自我的最好方式。《印度小夜曲》里在印度寻找失踪朋友的主人公,其实就是在寻找自我。……我不知道他们是否想要寻找自己,但生活中他们

---

1 《安魂曲》的作者,被称为"卡尔维诺之后意大利最重要的作家"。

除了面对别人眼中自己的形象别无选择。他们被迫以他人为镜子，凝视自己。

8月17日，星期一，晴

  店里的图书突破九十本。今天的气温依然延续着"秋老虎"的干热蒸烤模式——优点是蓝天白云，晴空万里。而今天让我感觉最美的，当属那座"双子桥"。

  在这个城里，只有它，一桥双生，左右完美对称，但又各自独立；只有它，是完整的，是一对儿，它拥有自己永恒的另一半，相互依偎，相互衬托，任由日月星移，紧紧相伴……

  他变鹿、变鱼、变人、变蛇、变云、变鸟。但不管变什么，他都是完整的，是一对儿，有月也有日，有男也有女，是流过各国的孪生河，是悬在天空的双子星。[1]

  午后，我在楼下小咖啡店里看完了童话集剩下的一点，时间是三点三十五分。到这里，原本对于一篇寻常日记来说，已经足够。但因为黑塞，因为他的童话，也因为大卫·嘉雷特的音乐，从此注定了我的日常不再寻常，我的手指不再寻常，我的"琴键[2]"也不再寻常……他们将赋予我周围、我眼见的一切"寻常"以魔法、生命、呼吸、爱、恐惧和渴望；他们是铺在我心之溪流底部的那层柔软清澈的细

---

1 引自《黑塞童话集》中的一则故事《皮克托变形记》。
2 指我的电脑键盘。

沙——过滤着这现实世界里的喧嚣和嘈杂。

今天,黑塞在他的童话集里告诉我说,当人们听到一首美妙的歌曲时,会感觉到这世界的美好,会感受到一种从未有过的崇高,会想要让自己变得更好——成为一个更好的人。这就是音乐的魔力吧,我觉得,他想表达的就是这个意思。

8月18日,星期二,晴

昨天失眠。我尝试在晚上写点东西,但发现这其实并不是一个适合写作的好时间——大概率会导致失眠。天黑了,灯熄了,但我依然思绪漫天,灵光乍现,汇聚成潺潺的溪流,又汇聚成小河,流向脑海,在里面升腾翻涌。我琢磨着,那些大作家们是不是需要安眠药的帮助才能睡着。

说到灵感,它就像黑塞笔下的那只周一村的鸟儿[1]。当我们端着长枪,提着鸟笼想要捕捉它的时候,它不会现身,它会耐心地让我们在原地干等着、干着急……直到我们终于松懈下来,放松了警惕,放下手里的枪械,扔掉了手里的鸟笼,它才会突然出现在你的面前。

——或是在你听到钟声回家吃饭的时候,或是等你刚刚睡下的时候,或是等你在厨房忙碌的时候,或是当你在湖边散步的时候,抑或在清晨当你对着镜子洗漱微笑的时候

---

1 出自《黑塞童话集》中的故事《鸟儿》。

……总之,你不会随时随地发现它的存在,即便发现了,也不可能轻易地就捕获它。这不,刚刚在我的"琴键"上停落了一会儿,它又飞走了。

8月19日,星期三,晴

难以置信,今天我竟然把《菩提花》[1]放进网店了——既然已经这样做了,只希望没人把它买走吧,至少在我读完"这朵花"之前。

我很珍惜这本书。我还记得,它是我在万松园的一家"卖旧书"的咖啡馆里遇见的。但其实,那里也没有很多旧书,只是大堂中间摆放了一个长桌,桌上摆了一些旧书,喝咖啡的顾客可以随手拿来阅读,喜欢的,也可以付了书价带走。

当时,这本书与众多旧书静静地挤在一起。等咖啡的工夫,我和另一个爱书的小朋友围着这长桌一圈又一圈地转着、翻看着、寻找着……最后,我发现了这本《菩提花》,而小朋友找到了两本历史书籍。能在这里邂逅黑塞的作品,并且很有可能还是一本绝版的作品,于我如获至宝。

回到当下,此刻我正待在一家实体书店里,一家真正

---

[1] 原文为 Unter Den Linden,作者为赫尔曼·黑塞,由四川文艺出版社出版。

的书店,当然还不是"書[1]香5号书店"。不过我大可发挥一下想象力,把它当成是我未来的书店——会比这里更好——有书、有咖啡,也有电影院、会议室、儿童沙发、儿童游乐园,当然也会有专门的婴儿车"停车场"……

想象归想象,现实是我面前只有一张小小的四方形木质茶几,外加一杯咖啡、一台电脑、一个鼠标、一个卡顿的手机,外加四本书——《查拉图斯特拉如是说》[2]《中世纪哲学(上下卷)》[3]《乐之本事——古典乐聆赏入门》[4]。

说说都是从哪里翻出它们的:《乐之本事——古典乐聆赏入门》被"束之高阁",放在一个我几乎看不清也差一点够不着的书架上,而另外三本大师经典待的地方就更隐秘了——与一堆外语工具书杂乱地挤在这书店最尽头的一个角落里。如果不是为了找意大利语书,我想我怎么也不会想到这些大师作品会跑来挤在这里,想起来,还真有点滑稽。去了趟洗手间,回来时我从书店大门进来,只见一本《撒野》倒是明晃晃地直逼我的眼睛。

---

1 "書"的简体字是"书",但在本书中,由于书店店名为"書香5号",所以统一使用繁体"書"字。
2 该书原文为 Also Sprach Zarathustra,作者为尼采,由中华书局出版,它是尼采的哲学散文集。1896年,德国作曲家理查德·施特劳斯受这部著作的创意启发,创作了与这部哲学著作同名的音乐交响诗《查拉图斯特拉如是说》。
3 赵敦华、傅乐安主编,吴天岳审校,由商务印书馆出版。
4 作者为焦元溥,由广西师范大学出版社出版。

8月20日,星期四,小雨

昨天和我一起从书店里出来的只有《查拉图斯特拉如是说》和《中世纪哲学》(上下卷)。虽然我现在对西方古典音乐生发出一种类似婴儿第一次睁开眼睛看世界的痴迷,但最后我还是放下了《乐之本事——古典乐聆赏入门》,理由是,尼采的这本书与《乐之本事——古典乐聆赏入门》厚薄大小相差无几,但后者的定价比前者高出二十多元。若出于情感,我觉得《乐之本事——古典乐聆赏入门》的内容颇为有趣,对我有些吸引力;但从理性角度,我无法接受这本书高出《查拉图斯特拉如是说》这么多——超出半百的定价,这有点夸张。

尽管如此,当我昨晚走出书店时,依然发生了一件有违理性的事。打折后,《查拉图斯特拉如是说》这本书的价钱比这书店咖啡馆的一杯咖啡还便宜,但即便不打折,也只比那杯咖啡贵两元钱。要是尼采泉下有知,说不定会气得从墓地里跑出来写一篇文章,控诉这世道的荒谬无常。话说回来,估计想要这么做的已经故去的文学巨匠不止尼采一人。

我买的这个版本由中华书局出版("国民阅读经典"丛书)。和我接触过的绝大多数图书不同,这本书上没有作者简介,而且封面标题下方的"作者"那里,写的是"[德]尼采"。我想,若不是中华书局这样的老牌出版社,断不会以如此简洁的方式标写作者的名字。大概是出版社认为"尼采"足以说明一切，跨越古今，以至于不需要人们知道他的全名是什么，就像"贝多芬""巴赫""莫扎特"，就像"帕格尼尼""雨果""达·芬奇"……

由此，读者也可从中推断出一点——尼采，是何等的经典。于我个人而言，我知道"尼采"这个名字，也知道他是一位大哲学家，但问题是，我时常会在荷兰与德国之间混淆其国籍，也始终不确定他的全名是什么。

以前作为一名业余读者，不知道他的全名也就罢了，可既然已经走在了书商这条道路上，再不知道，就显得我很不专业了。况且出于对这位哲学大师最起码的尊重，也当知道"尼采"姓甚名谁——弗里德里希·威廉·尼采[1]。

8月21日，星期五，阵雨

今天的晚餐我为自己做了一盘"地中海橄榄油罗勒意面"，接着发了一条动态：

搅拌时，我就已经闻到了整个地中海的味道，la spaghetti~

除了酸、甜、苦、辣、咸，我觉得这世界上其实还有

---

[1] 弗里德里希·威廉·尼采（Friedrich Wilhelm Nietzsche, 1844—1900），德国哲学家、语言学家、文学评论家、诗人、作曲家、思想家。主要著作有《权力意志》《悲剧的诞生》《不合时宜的考察》《查拉图斯特拉如是说》《希腊悲剧时代的哲学》《论道德的谱系》等。个人觉得尼采的全名译为弗里德里希·韦尔赫姆·尼采更合适，因为韦尔赫姆更接近德语Wilhelm的发音。

另一种人间至味——橄榄油的淡香。伴着这盘香浓的意面,我"刷"了一部影片——《最佳出价》(*The Best Offer*)。在此,我不对它做任何文字性的评价,应该说,我不想以任何方式参与剧透,即便对自己也是这样。也许,很久以后我还会再"刷"一遍。

"同女人住一起是什么感觉?"欧德门先生忽然问他的助理。

"就像参加拍卖会……你永远不知道,你的出价是不是最佳的。"助理回答道。

8月22日,星期六,多云转晴

今天的晚餐是地中海土豆西蓝花柠檬沙拉。

所需食材:

土豆2-3个;

小朵西蓝花1棵;

意式柠檬沙拉酱;

罗勒干叶碎。

做法(超级简单):土豆洗净,切小块;西蓝花洗净、掰成小朵;用净水将土豆块和西蓝花朵煮熟(不要太熟,以免成泥);捞起放在沙拉碗里,淋上柠檬沙拉酱,再撒上少许罗勒碎叶,充分搅拌均匀,再倒出盛入西餐大盘中。如此,一盘美味又健康的"地中海土豆西蓝花柠檬沙拉"就做好了。

今天的"佐餐"是一部经典老电影《与墨索里尼的下午茶》[1]——不知道是哪位才华横溢的编剧写出了这样的故事。真希望有一天能与这本美好的故事书相遇——我相信一定有这样一本书。

"美好"——这是我能想到的最没有创意又最真诚、最适合这部影片的影评。

8月23日,星期日,晴

上午,我走进书店时,一个小女孩正在柜台结账,她买了十五本书,后来又对店员说是十二本。一摞书在那柜台上堆得像一座小山,她的旁边站着一位老人,应该是这小女孩的爷爷或者姥爷吧,我猜想。

我很好奇这小女孩都买了些什么书,就迅速地在那小书堆上瞅了一眼,只看到有"哈利·波特",还有放在最上面的一本日系推理侦探小说。

我外出吃了顿饭,回来时,一个男人正在柜台买单,他买了七本书。中午刚过,我就离开了书店。今天没有多少心思静静地看书,临走时,我买了三本书——《最美的音乐史:从巴赫、莫扎特到"猫王"的故事》《音乐的极境:萨义德音乐随笔》《物理学的进化》。

最近在一本关于古典音乐的书上看到过这样一句

---

[1] 该片英文名为 *Tea with Mussolini*,原本翻译为《与墨索里尼喝茶》,但我认为翻译成《与墨索里尼的下午茶》更符合该片的意境和文化背景。

话——音乐是用来界定时间的。我不确定自己是否完全理解了这句话的意思,但我似乎能感觉到时间在音乐的世界里仿佛拥有别样的频率——一种与在没有音乐的空间里不一样的频率,更从容、更缓慢、更安静……

当我放下手机,释放音乐,不再关心时间,沉浸在自己的世界里,时间好像也和我一起慢了下来,这是一种奇妙的感觉。我无法解释,只能去感受这一切。

当我们不再像猎人一样去追赶时间、猎捕时间的时候,时间才有可能慢下来,甚至停下来。更理想一点,如果你愿意真心成为时间的朋友,为它吹奏你心爱的乐曲,时间就会围绕着你,随你一起翩翩起舞……

8月24日,星期一,晴转小雨

原本闲散的日常竟然有了忙碌的迹象。一切都在自己的轨道上按自己的节奏行进着,需要我做的事情似乎只有一件——just do it! 去做就是了!

Viva la vida(西班牙语,意思是"生命万岁"),大卫·嘉雷特演奏的这首曲子是今天的主旋律。我从未像今天这样仔细聆听这首曲子,不仅仅只是聆听,我还能看到这首曲子,看到演奏者的九个自我、九个分身,每一个都从他自己分身而出,围绕着他,围绕着Viva la vida的主旋律,组成了一个乐队,演奏着不一样的旋律——不一样,但又和谐且美妙无比。

在嘉雷特的琴弦上流淌的总是别样的旋律。有人说，他演奏时，一个人可以营造出整个管弦乐队的效果，这与罗马诗人提布鲁斯（Tibullus）的那一行诗句竟完美契合：

In solis sis tibi turba locis——In solitude, be a multitude to yourself. 在孤独中，一个人要像一支队伍。

我发现今晚的月亮非常特别，就像《格林童话》里才会出现的那种月亮——弯弯的形状好像威尼斯河上行走的贡多拉小船一样。最特别的是，它还长着深凹的眼睛和尖尖的鼻子，还真有这副模样的月亮啊！我曾经以为，那只是童话大师的想象罢了。

8月25日，星期二，小雨转晴

今天是中国传统节日——七夕节。我很不情愿以此作为日记的开头，就好像童话故事开头一定要写"很久很久以前"那样。

下午某个时分，我发了一条动态，算是纪念这个特殊的日子吧。

38000！Mark一下！然后继续！（玫瑰花表情）

Viva la vida!（玫瑰花表情）

献给我身边朝着自己心中的理想和幸福不懈努力的女神朋友们！（玫瑰花表情）

我的手提包里也插着一枝玫瑰花——火红色的，和表情包里那枝几乎一模一样，只不过我包里的这一枝是真的。

书店日记

在我发布这条动态之前,赫达,同在这个办公室工作的一个女孩也发了一条动态,只有很简短的一句话:

换一种身份一直在一起啊!

(文字下方是一张红底白衫的结婚登记照片,还有两本崭新如洗的枣红色小本)

多么年轻的一对佳人啊!我心想,默默地祝愿这对新人永远幸福如初!

在看到这条动态之前,对于这个"七夕",我是准备继续保持那种"吃不到葡萄说葡萄"的酸涩态度的,比如说,描写一下今天"山谷"西餐厅的空气里如何弥漫着痴男怨女的做作和虚假的仪式感;比如说,讽刺一下傍晚成双结对地在马路边晃悠的男男女女,其实他们并不一定真正了解七夕的故事和它背后的意义;再比如说,嘲讽一下从我包里探出头来的那枝不安分的玫瑰花……

但在那一刻之后,我不这么想了。

因为,真的有人把这一天当成一种誓言、一种永恒!其中,就有我的朋友。

8月26日,星期三,晴

昨天结束的时候,我包里又冒出来一朵不安分的玫瑰花,从物理距离而言,这两朵花现在是一对儿了。

傍晚从书店出来时,我沿着关山大道"长途跋涉",就想活动一下久坐的筋骨、放松一下操劳的神经系统。步行总是有很多看不见的好处的，就像阅读一样，只可惜很多人不相信这一点，或者因为这种好处不是立竿见影的那一种，因而放弃、因而怠惰。

不知不觉间，我来到了步行街。夜幕初降，夜市的小摊位开始活跃起来，有几个女孩在卖花——今天的主角当然是红玫瑰，躯干上带有尖尖小刺的那种。

"你好。"玫瑰花们说。

小王子看着她们。她们一个个全像他的那朵花儿。

"你们是谁？"小王子大吃一惊，问她们说。

"我们是玫瑰花。"玫瑰花们说。

"啊！"小王子说……

小王子伤心极了。他的花儿告诉他，大千世界中，她是惟一的玫瑰花。可是在这儿，仅仅一座花园里就有五千朵玫瑰花，全都长得一模一样！[1]

……

后来，我的包里又冒出来另一朵玫瑰花，与之前的那一朵的确长得一模一样。

回到家，把这两朵来历不同的花插到一个绿色的大肚花瓶里。这么大一个花瓶里就放两朵花，看上去有点滑稽，但也有点艺术的美感。撤掉塑料外包装，它俩马上耷拉下脑袋，露出一副很无精打采的样子，我想，可能是严重脱水所致。

---

1 引自《小王子》，作者为安托万·圣埃克苏佩里，由译林出版社出版。

书店日记

这是美好的一天。天空的蓝和云朵的白都无可挑剔，都展现着各自最美好、最纯净的样子。一个度假归来的人在社交动态里说，这一抹蓝，洗去了她一天舟车劳顿的疲惫。我相信这是真心话，纯净的东西总有一种天然的、神奇的疗愈功效，比如深山里的溪水，比如冰峰上的雪莲花，比如孩童的心灵，比如疫情过后武汉的天空，比如小王子……

8月27日，星期四，晴

与昨天相比，今天平常而随意。

天气依然很好，空气里多了一些初秋的凉风习习，温度不高不低，让人感觉舒适。我坐在一棵桂花树下，尽管树枝上还不见桂花花苞的影子，但我知道这是一棵桂花树。我记得去年秋天它开花时的样子，和它慷慨散发出的动人心脾的幽香。想起来了，我有一本叫做《桂花》[1]的诗集，它那绒布质地的封面和桂花的颜色一样，是金黄色的——桂花的金黄。

至于我为什么要跑到一棵桂花树下坐着写这些，并非为了制造虚空的浪漫，也不是为了寻求灵感。我只是急需一点空气，室外的、自由流动着的、新鲜的空气，我感觉自己的肺脏急需这种友好的气体。

---

[1] 作者为阿多尼斯，由译林出版社出版。该书是阿多尼斯的一部中国题材长诗集。

可惜了，好景不长，刚独享了这片刻的桂花树下的静谧时光，就接连来了两个人，坐在了不远处的另一棵树下，一股隐隐约约的尼古丁的味道随即悄悄向我的桂花树接近，慢慢变得浓郁。无奈，我只能撇下我的桂花树，离开了它。

要到哪里去寻找一张随时能呼吸到新鲜空气的书桌？——我思考着这个问题。

上午和爱莉丝约好了，明天再去画室画画。虽然还没想好明天画什么，但我脑子里已经有了几幅非常想要画出来的"油画"——《阳台上的妈妈》《恩施峡谷里的拾荒老人》《普陀山上的僧人》和《艺术家的客厅一角》。

8月28日，星期五，晴

"文艺复兴"第二天。今天天气很好——明媚而清爽。

我提前几站下了车，沿着徐东大街路边宽敞的人行道一路步行，阳光照在身上暖乎乎的。我得想想今天要画什么，而散步有助于思考。

我一边走，一边观察路边的树丛，有高一点的、矮一点的，还有更矮小的。阳光平等地洒落在它们身上，只是有些地方被树叶遮挡得太过严实，以至于太阳之光也无法照射到——那里就是暗影藏身的地方。

而从前，我根本不会在意这些暗黑的角落，但现在，它们开始吸引我的注意，开始向我传递特别的讯息，它们在告诉我——有光的地方就会有影,有明即会有暗,光影相随,明暗相伴,谁缺了谁都不真实、不自然,更不会美……

我一边走,一边接收着这些重要的讯息,同时欣赏着那树冠顶端光和影的晨间嬉戏。这是初秋的色彩,这是我喜欢的色彩。我知道今天要画什么了。

来到画室,我在厚厚的画册里选定了一幅莫奈[1]的作品——一身白衣白裙的女人撑着一把白色的小阳伞站在一个洒满阳光、鲜花盛放的花园里。

8月29日,星期六,晴

"我爸爸回来了!"小达尔文一来就开心地告诉我说。

"这真是一个好消息!"我对他说道,并真心为他们一家的团圆而感到高兴。

下课时,小达尔文忽然"考问"我:"你知道世界上什么动物的眼睛最多吗?"

"是蜘蛛?"我问道。

"不是。"

"是苍蝇吗?"我又问道。

---

[1] 全名为克劳德·莫奈(Claude Monet, 1840-1926),法国画家,印象派大师,被誉为"印象派领导者",是印象派创始人和代表人物之一。光和影的色彩描绘是莫奈画作的最大特点。个人认为莫奈的全名译为克罗德·莫奈更合适,因为Claude按法语的发音,翻译为"克罗德"更合适。

"不对。是蜻蜓。蜻蜓有二十八万只眼睛,苍蝇只有两千只眼睛。"

……

给这位小生物学家上完德语课,我接着赶去武昌继续我的油画课。《花园里撑阳伞的女人》还没有完成,这位画中唯一的主角还只是一个白色的轮廓,她周围的那些奇妙的暗影已经为她勾勒出了一个清晰而明亮的轮廓。我和龙老师开玩笑说,就这样吧,这样也挺好。

偷懒的玩笑而已,我知道,这当然不行。

于是,在这周六下午的明媚时光里,我又钻进了画布里的这座花园,试着把自己变成那树叶之间的黑影,变成草地上的白色花瓣,变成那女人白色长裙上的光亮、灰色的褶皱,变成那女人脚边的白色花丛,变成她脸上的那一抹粉黛和她黑发的轮廓……

经过数个小时的"流连",最后,我把自己变成了飘落在草地上的白色花瓣,这里一片,那里一片;近处前一片,远处又一片;花坛里的红色花丛上落几片,树影里又落三五片……

8月31日,星期一,晴

天气晴好。"文艺复兴"第四天——要开始我的第三幅习作了。

龙老师递给我一本厚厚的画册,里面一页一页地夹着大师们的画作。我翻来翻去挑选了半天,并没发现自己很想画的那一幅。最后,我还是决定画我的那幅《魔鬼小提琴的爱情》[1]。

龙老师瞅着刚从打印机里跑出来的图片说,这幅画并不简单,但也没有再多说什么。这也是我很喜欢这位老师的地方。

于是,我的第三幅油画就这样在新的画布上一笔一线地展开了,从无到有,从线条到轮廓,从黑白到色彩……就像变魔术一样。从涂上第一笔时,很多东西就开始慢慢地从画布后面浮现出来了,几个线条,变成了一个轮廓,再变成一个白面黑袍的冷酷巫师,接着变成了一个口唇红润、眼含柔情的男子……一切变得越来越清晰,越来越响亮,越来越温柔。

---

[1] 电影《魔鬼小提琴家帕格尼尼》(Der Teufelsgeiger)中的一个镜头,美如油画,画面中同时出现了这部影片的男女主角,即魔鬼小提琴家帕格尼尼与他的恋人夏洛特。Der Teufelsgeiger此德语单词(一个阳性名词)的意思是"魔鬼小提琴",现在国内影视平台翻译为"魔鬼小提琴家帕格尼尼"并不准确。

/ 九月 /

9月1日，星期二，晴

今天是全国所有中小学校正式开学的第一天，清早的社交动态全是各种"花式送孩子上学"。小达尔文的妈妈也发了一条动态：

八个月了，终于开学了，激动得老泪纵横（掩面苦笑表情）。

——照片里，只见小达尔文和弟弟戴着口罩，手牵手一起跨进学校大门。

今天，是值得全市人民，尤其是全市的妈妈们激动万分的一天，更是值得纪念和庆祝的一天。只有等到把全国的宝贝"神兽们"安心地放进"笼子"里的这一天，才表示我们真的胜利了！

书店日记

9月2日，星期三，阴

"文艺复兴"第五天。清晨——阴天，凉爽。

在公交车上，一个两三岁的小姑娘，梳着三个小辫儿，坐在奶奶的腿上，一边看车窗外不断变换的景色，一边和奶奶咿呀咿呀地讨论"早上爸爸去哪里了"——奶奶说，爸爸一大早起来去钓鱼了；小姑娘说，爸爸去上班了；奶奶又说，爸爸早上六点就起来了，是钓鱼去了，妈妈去上班了；小姑娘又说，爸爸上班去了……

这小家伙和奶奶一定是去幼儿园的，她们和我在同一站下了车。而我今天也是去上课的——我的第五节油画课。

等到下午我离开画室时，画中男子的眼神更加深邃而温柔了，他在暗影中深情地凝望着他的夏洛特，嘴角微微翘起，眼含笑意。就是他，他出现了。可是只有到了周五才能再见到他。

下午画他时，我升高了画架，第一次站起来画画，并把音乐调到了单曲循环模式——*Io Ti Penso Amore*[1]。在这幅画作完成时，我会在它的左下角写上这首曲子的名字。

这是一幅油画，也是一首乐曲；它是色彩，是笔触，是深情，也是音符……我的油画即是我画布上的音乐；我的音乐也将和色彩一起，融进我眼前的画布。

---

1 意大利语，意思是我想你，亲爱的。这首曲子收录在音乐专辑《嘉雷特Vs.帕格尼尼》中。

9月3日，星期四，晴

今天为我"文艺复兴"后的第一幅画作《莫奈的花园》装裱了画框。由此经历，我总结了几点心得。

首先，无论画得如何，无论画作大小，无论他人如何评价，要爱自己的作品；其次，既然决定为你的作品定制一个画框，那就定制一个配得上它的，甚至更好的，因为每幅完成的画作都是这世界上独一无二的；再次，关于画框，苏富比的拍卖大师关于"画框"的观点值得我们参考；最后，也是最重要的，如果你舍不得花大价钱在画框上，那最好连小钱也省了——什么也不装（有时也挺好）。

今天我又发现了一个很棒的书店——视觉书屋。称它为"书屋"显然有点不大合适，无论从其空间大小、图书数量还是品类来说，这是一家实实在在的大书店。然而，又有哪个"大书店"是一瞬间从魔法师的帽子里变出来的呢？那只是童话故事。而现实中应该有别样的故事——一个关于从无到有，从小到大的漫长的关于书的故事。

这家书店主营绘画艺术类图书。一走进书店，我立刻就有了一种目不暇接、深陷其中的强烈感受，那满满一屋子的书，就像一块巨大的无形的磁铁，把我的双脚和双眼牢牢地吸附在了这个奇特的空间里——这个艺术的磁场里。

离开前，我在这"新大陆"买了三本书（来都来了，总不能空着手走出去）——《诺阿诺阿：高更塔希提岛手记》¹《米开朗琪罗传记》(彩图本)²、《艺术中的经典文学形象与故事》³。

9月4日,星期五,晴

今天在帕格尼尼⁴的小提琴上花了很多时间——在它的琴弦上,在它的色彩上,在琴弦投射的阴影上,在它的轮廓上,在它表面反射的光亮上……我站立着,凑近他的脸,在他左肩上的小提琴表面一笔一画地描着、画着、涂抹着,轻轻地呼吸,屏息着气息。

这是他的小提琴,不由自主地,我画得很仔细,多多少少,我有点畏惧——畏惧这无处不在的细节;多多少少,我有些沉迷——沉迷在这些浩瀚的细节里——停不下来、走不出来、放不下来。调色板上的颜料趁机蹭满了我的手

---

1 作者为保罗·高更,由浙江人民美术出版社出版。高更说:"我正在整理一部关于塔希提的书,它对理解我的绘画很有用。"高更,法国后印象派画家、雕塑家,与梵高、塞尚并称为后印象派三大巨匠。
2 作者为罗曼·罗兰,由人民美术出版社出版。罗曼·罗兰,法国思想家、文学家、音乐评论家、社会活动家、批判现实主义作家,1915年诺贝尔文学奖得主。他的小说被人们认为是"用音乐写小说",其代表作有《名人传》《约翰·克利斯朵夫》。
3 作者为弗兰切斯卡·佩莱格里诺和费代里科·皮波莱蒂,由华中科技大学出版社出版。该书将《神曲》《十日谈》《失乐园》《罗密欧与朱丽叶》等世界经典著作中鲜为人知的文学轶事与精美的世界名画完美融合。
4 电影《魔鬼小提琴家帕格尼尼》中的男主角,由德国小提琴演奏家大卫·嘉雷特扮演。

指,并把我的手臂当成了扩展的颜料盘。偶尔借着喘息放松的空隙,我望向他,发现他在对我微笑,即便他的眼眶深邃幽暗,我也能感觉到他眼神里温柔带笑的微光……

作为习作的背景,画室空间里流淌着各种小提琴曲——有熟悉的,也有陌生的;有古典的,也有现代的,当然也有古典与现代相融合的风格。我一边听小提琴曲,一边画着一把小提琴,这是从未有过的体验。于我,这是绝妙的组合。

大卫·嘉雷特有一首曲子名叫 *Lose Yourself*（《迷失自己》）。当他演奏小提琴时,他会迷失在自己的音乐里。

当我拿起画笔时,我迷失在那把小提琴里、迷失在画布里、迷失在色彩里、迷失在这光影的游戏里。

我想起了《魔鬼小提琴家帕格尼尼》里的一段对白:

"哪个才是真正的你？"夏洛特问道。

帕格尼尼说:"我是为音乐而生的……我所感受的一切,现在的我和未来的那个我,我都放在了音乐里……我了解我自己,但很多人并不是这样,我也不想要很多人了解我。"

9月5日,星期六,晴

爱莉丝上午就在画室了,今天开始画她的第二幅佛像。她刚刚完成的那幅画也是佛像,她真的很喜欢画佛像,而我喜欢画音乐。

今天的作业主要集中在夏洛特身上。她的鼻子有点大，发卷不够明亮清晰，脸上的颜色有些苍白，也不够均匀……这些都得调整。她是帕格尼尼的心上人，她美丽、纯真、骄傲、坚定，她有着清澈动人的嗓音。她曾对魔鬼小提琴家满怀偏见，但他的音乐征服了她的心，而夏洛特的歌声也轻轻地叩开了小提琴家的心门，他们在音乐里爱上了彼此。

"为什么她的嘴是张开的呢？"爱莉丝在一旁问道。

"因为她在唱歌。"我告诉她，并继续在夏洛特的轮廓上描画。没有看过那个故事的人、没有听过《魔鬼的颤音》的人、不喜欢音乐的人，不会理解我在画什么，为何要画这幅画；就好像我不知道为什么爱莉丝喜欢画佛像，为什么龙老师喜欢画风景。

我认为每个画家都是一本书——一本故事书。她的每一幅画作都在描绘她的曾经、她的现在和她的未来；他的每一幅画作里也都藏着他走过的路、看过的风景、听过的故事、爱过的人和听过的乐曲。

当今天这幅画完成时，我在画作背后的左下角写上了"Liebe de Teufelsgeiger"。龙老师在一旁看着，问道："这是什么意思啊？"

"意思是……魔鬼小提琴的爱情。"我告诉他。

画布上，他今天的微笑更加内敛而深情。

9月7日，星期一，晴

整整两周没有忙活书店里的事情了，网店图书的数量也没有变化，还是九十三本。

但时光在飞快地流逝，一切都在变化——树上的柚子在变大；桂花在准备着打苞、开花；蹒跚学步的小宝宝进了幼儿园，大人在变老；天气在变凉……

9月8日，星期二，晴

上午录了四本书的数据。中午去画廊为《花园里撑阳伞的女人》——据说她是画家的妻子——装裱了画框。汲取了第一个画框的经验，这次我决定做一个好的，在爱莉丝和龙老师眼里，也许又"太好"了一点。

今天上传了七本新书的信息——图书总数突破一百本。

9月9日，星期三，阴

天色整天阴沉，下午时下了一点小雨。

"文艺复兴"第八天，一大早就和爱莉丝一起去画室学习。但自从画完《魔鬼小提琴的爱情》，我就像一个慢慢泄了气的皮球,总是懒懒的,对画画也没了刚开始时那种满满的激情。也许是累了,也许是灵感消失了。

来到画室,老师问我想画什么,我说还没想好,我说今天不想画画,我说想给《花园里撑阳伞的女人》上油。老师就教我在画布上刷亮油,可我们发现,那颜料竟然没有完全干透,有溶解的危险。我拿着小刷子,小心翼翼地在画布上轻轻地刷,以避免出现混色的危险。

油脂在画布上趁着光线折射出光亮,也散发着它独特的味道,不是特别好闻,但这是一种新鲜的体验。老师笑说,我泼的光油太多了,一时半会儿恐怕是干不了的。

刷完了油,我还是不知道想画什么,只随意地把莫奈的画册翻来翻去。每一幅画都很美妙,有美丽的女人、有可爱的小孩、有午后温暖的阳光、有开满鲜花的花园、有梦幻的日本桥、有深邃静谧的睡莲、有宽阔的大海和高高的悬崖,也有威尼斯的贡多拉……可是没有音乐,没有小提琴,没有我想画的。

最后,在我即将合上画册的时候,好像变魔术一般,从画册里冒出来一盆菊花——一盆白色、粉色和橘色相间的菊花。它有着梦幻一般美妙的色彩,恰到好处地和我这梦幻一般的情绪相投合。它不那么张扬,不那么奋进,有点慵懒,但也并非完全消极。我感觉它以一种温和有度的方式吸引着我,鼓舞我向它靠近。

于是,我又拿起了画笔。

9月10日，星期四，中雨转晴

我已经不记得今天做了些什么，只记得今天没做什么。

9月11日，星期五，多云

画《菊花》的第二天，也是第二遍，从上午十点画到下午大约五点半。晚上和爱莉丝一起吃路边消夜——襄阳牛肉粉、煎饺、汤包。

美好、自由、充实的一天。

9月12日，星期六，多云

晴天多云。今天翻出了书架上沉睡了很久的那本《恶之花》[1]。

我怀着无比谦恭的心情

把这些病态的花献给

---

[1] 原名为 Les fleurs du mal，由上海译文出版社出版。作者为夏尔·波德莱尔(1821—1867)，法国象征主义诗歌先驱，以诗集《恶之花》成为法国古典诗歌的最后一位诗人、现代诗歌的最早一位诗人。他的作品还包括散文诗集《巴黎的忧郁》、文学评论集《浪漫派的艺术》和艺术评论集《美学珍玩》。

书店日记

> 法国文学完美的魔术师
> 无可挑剔的诗人
> 老师和朋友
> 泰奥菲尔·戈蒂耶
> ——夏·波

9月13日,星期日,阴

阴天,凉爽。画《菊花》的第三天,也是第三遍。今天又变成一只勤劳的小蜜蜂,在这盆菊花上翻飞了一天。有点疲惫、有点愤怒、有点厌倦,感觉自己掉进了一个颜色和细节的泥沼,深陷其中,难以自拔。"音乐精灵"播放的小提琴曲不知已经循环了多少遍,如果不是空气中这些音符的助托,我想那只小蜜蜂早就瘫掉在地上了。

不知道小蜜蜂最后是怎么停下来的,是在哪儿停下来的,好像是在其中一朵白色菊花的绿色花蕊上,又好像是在一片蓝紫色的花瓣上。

最后,小蜜蜂依依不舍但果断地挣脱了这盆"菊花"——这一潭色彩的泥沼——它太美了,也太危险。过久的停留,对小蜜蜂而言意味着风险——无法挣脱、逃离的风险。最终的结局,要么它被这盆花囚禁而毁灭;要么它让这盆花更接近完美。

最终,小蜜蜂飞走了,这盆花也没能变得"完美"——因为没人知道"完美"长什么样子。但这盆菊花真真切切地变得更美了，比上一次小蜜蜂离开它的时候更美……

9月14日，星期一，小雨

今天是个阴雨天——我的蓝色套鞋开始派上大用场。

说来奇妙得很，今天不经意上传的三本书里，竟然有"两朵花"——"一朵"是阿多尼斯的《桂花》，"一朵"是波德莱尔的《恶之花》。而我最近临摹的又是莫奈的一大盆《菊花》。最近各种花扎堆出现在我的生活里，实在是有趣。人生若能与花结缘，当视为一件好事吧。

下午整理《恶之花》时，我发现了第五页上那首"告读者"的长诗，不知读者看了这首诗会作何观想。

告读者

读者们啊，谬误、罪孽、吝啬、愚昧，
占据人的精神，折磨人的肉体，
就好像乞丐喂养他们的虱子，
我们喂养着我们可爱的痛悔。

我们的罪顽固，我们的悔怯懦；
我们为坦白要求巨大的酬劳，
我们高兴地走上泥泞的人道，
以为不值钱的泪能洗掉污浊。
在恶的枕上，三倍伟大的撒旦，

书店日记

久久抚慰我们受蛊惑的精神,
我们的意志是块纯净的黄金,
却被这位大化学家化做轻烟。

是魔鬼牵着使我们活动的线!
腐败恶臭,我们觉得魅力十足;
每天我们都向地狱迈进一步,
穿过恶浊的黑夜却并无反感。

……

像万千蠕虫密匝匝挤到一处,
一群魔鬼在我们脑子里狂饮,
我们张口吮吸,胸膛里的死神,
就像看不见的河,呻吟着奔出。

如果说奸淫、毒药、匕首和火焰,
尚未把它们可笑滑稽的图样,
绣在我们的可悲的命运之上,
唉!那是我们的灵魂不够大胆。

我们罪孽的动物园污秽不堪,
有豺、豹子、母狗、猴子、蝎子、秃鹫,
还有毒蛇,这些怪物东奔西走,
咆哮,爬行,发出低沉的叫喊,

有一个更丑陋、更凶恶、更卑鄙!
它不张牙舞爪,也不大喊大叫,
却往往把大地化做荒芜不毛,
还打着哈欠将世界一口吞噬。

它叫"无聊"!——眼中带着无意的泪,
它吸着水烟筒,梦想着断头台,
读者,你认识这爱挑剔的妖怪,
——虚伪的读者——我的兄弟和同类!

9月15日,星期二,小雨

又是一个阴雨天。俗话说,一场秋雨一场凉,仲秋真的在路上了,桂花飘香的时节也一天天近了。我猜,那几棵桂花树的花苞已经在酝酿中了。在桂花开放之前,我会先尝试读懂阿多尼斯的那朵《桂花》。

下午把罗曼·罗兰的《米开朗琪罗传》上传到了书店里,录入数据时稍稍翻看了一下,真是一本好书。也许这周我能读完它。

不知什么时候能遇见罗曼·罗兰"巨人三传"[1]的另外两本。

---

1 指法国作家罗曼·罗兰创作的《贝多芬传》《米开朗琪罗传》《托尔斯泰传》三部传记,又称《名人传》。

书店日记

9月16日，星期三，小雨转中雨

　　画画一整天，纠结了好一会儿，我终于决定学画莫奈的"鲁昂大教堂"[1]。画了半天，才想起来自己曾经去过那里，到过那座宏伟的大教堂前。那时正值圣诞节，我赶上了大教堂广场上的圣诞市场——一个个小小的温馨的摊位、浓浓的节日氛围、熙熙攘攘的人群……画着画着，那些久远的记忆在我面前的画布上、在大教堂的线条与色彩上，一点一点地被勾勒出来、被涂抹出来，隐隐约约地浮现了出来。

　　爱莉丝说我是因思念而画画的那一种人。

　　其实，恰恰相反——我是因画画而找回思念的那一种人。

9月20日，星期日，小雨

　　阴天小雨。一大早和爱莉丝约着去画室，龙老师睡过了头，要晚到一个小时。我和爱莉丝相约在咖啡馆见面，她

---

1 指《阳光下的鲁昂大教堂正门》[Rouen Cathedral: the Portal (Sunlight)]，创作于1894年，布面油彩，现藏于纽约大都会艺术博物馆。鲁昂大教堂位于法国城市鲁昂，是法国最雄伟的一座大型哥特式教堂。它曾于13世纪毁于大火，现存的大教堂是历经几百年不断修整与扩建的跨世纪建筑，体现了哥特式早期、鼎盛期和晚期等不同时期的建筑风格。

先到了。天上的小雨刚刚打住,一进咖啡馆我就能感觉到一股弥漫着咖啡豆香氛的暖流在空气里跃动——欢快的、温暖人心的。

我俩都喜欢坐在吧台前,爱莉丝伴着新鲜出炉的咖啡发了一条动态:

窗外下着雨,咖啡很热,面包很软,一杯咖啡唤醒了做白日梦的灵魂,可以畅谈艺术、音乐、旅行和一切不切实际的话题而不觉得羞愧。这就是生活。

我一直觉得她的文笔很好,但她不怎么喜欢写,更喜欢画画。

今天是画"鲁昂大教堂"的第三天,也是第三遍给这幅画"堆色"。画到下午,龙老师看了看,说道:"嗯,至少还要堆两遍色……"

堆就堆吧,我喜欢在这大大的画布上"堆色"的感觉——用或粗或细的画笔挑起大块的颜料,不用蘸油,不用调抹,不用担心太多,更不用担心太少,像小孩子玩泥巴一样,不用想太多,直接堆在你想让它去的地方。这种感觉很自在,很随性,很放松……

我喜欢印象派的画——洒脱而不失严谨,散漫中隐藏着精确的规则、细节和秩序。那是一种不需要瞪大眼睛的观察方式——更接近心灵与自然的感受和观摩。

记得,我曾和龙老师还有爱莉丝开玩笑说,我推断印象派大师应该都是近视眼。而龙老师说,莫奈晚年确实患有白内障，而他早期的作品，线条和细节方面确实也偏于写实多一些。由此可以推断，印象派的这种类似于近视眼的观察法，最早可能是迫于大师们的眼疾而生吧。

我想，我应该找一本"莫奈自传"来证实这一点。另外，这本书应该也有记录，为什么莫奈会把鲁昂大教堂画那么多遍？龙老师说，他画了大约二十五个不同版本[1]的鲁昂大教堂。但他从没有画过巴黎圣母院。

这座教堂为何让画家如此痴迷？仅仅是因为这座大教堂正面光与影的游戏带来的变幻莫测和神秘感吗？

凡事皆有动机。

9月22日，星期二，中雨转小雨

今天整理了六本书的数据，补记了上周的几天日记（回忆录）。还好，间隔不算太久，记忆力还不错。日常里的那些琐琐碎碎、鸡毛蒜皮的点滴就如泥沙在池，经过了数天的沉淀，倒是越发清澈了生活的这池浑水。

---

[1] 也有人说莫奈画了三十余幅，现存二十八幅。

9月23日,星期三,多云转晴

上午我在书店上新了六本书,其中包括黑塞的《堤契诺之歌——散文、诗与画》。随手一翻,发现了一段有趣的文字——与书有关、与旅行有关、与秋天有关。

唉!算了吧!所有的书都留在家里吧。让我们重新整理思绪,现在,思考是不受重视的。我宁可张开鼻孔,尽力吸进逝去的夏天,以及早到的秋天。啊!我闻到了令我喜悦的气味——一种潮湿、浓郁、油润、沉闷的味道,闻起来像菇类植物……

看看标题,原来这篇散文就叫《秋天——自然与文学》。还真是应景应情,我心里想着,仿佛抽了一支上上签。

在这秋天,我也闻到了令我喜悦的味道,不过,它闻起来不像油润、沉闷的菇类植物,它闻起来像桂花。

下午我去了画室,一直待到晚上——用刮刀挑抹上大块的颜料,直接堆在大教堂的轮廓上、外墙上、塔楼上、明亮处、阴影里……这是一种全新的有趣的体验和感受。

9月25日,星期五,多云转小雨

桂花的香越来越清晰而浓郁了——不需要再深呼吸才能闻得到。早上,我凑近门前的桂花树瞧了瞧,有的已经舒展开了小小的花瓣,慷慨大方地向这个世界释放时令的密讯和温馨的芳香,而更多的,还紧紧地裹着淡金色的花苞睡大觉。或许是真的还没醒来,或许是在装睡。装睡的花儿,也是叫不醒的吧。

很久没到"山谷"这家书店来了,随手拿了一本——雷蒙德·钱德勒的《长眠不醒》[1]。上次看黑白老电影没看明白,这次看白纸黑字应该没什么问题。

离开书店时,我还是没能把这本书坚持看下去,或者说,它没能吸引我看下去,随手翻了几页,想"占卜"个别精彩的情节,以满足这份按捺不住的好奇心,然而"占卜"失败。

书店快要收工时,我才离开,随身带回两本书——《原来我们彼此深爱》[2]和《元素周期表》[3]。

发现这两本书之前,我正在书架前浏览徘徊,旁边的一张长凳与一个书架的夹角处坐着一位银白头发的老爷爷,他一边吃着桃子,一边看着一本书。书店真该为这些年长的读者提供更舒适的阅读体验,我心想。

9月26日,星期六,小雨转多云

这破手机已经在崩溃的边缘挣扎好几天了——如果仅是卡慢,我尚能接受;如果影响到了通话,那就说明,得

---

[1] 原文 The Big Sleep,作者为雷蒙德·钱德勒,由上海译文出版社出版。
[2] 作者为泰戈尔,由天津人民出版社出版。
[3] 作者为普里莫·莱维,由人民文学出版社出版。

换一部了。

显然,特朗普总统对华为的各种打压,只是让华为专卖店的生意更加兴隆罢了。店员与顾客保持着骄傲的距离——不主动接近,不主动言语——你召唤我,我便去;你不召唤我,就请随意。这就好像莫奈大师晚期的印象作品,不再刻意临摹,不再刻意迎合,剪除了对线条、轮廓甚至色彩的强调。大师站在远处、高处,生发出放松而无所畏惧的心境,就知道自己想要什么、想看到什么。

写到这里,我想起昨天在书店里翻看泰戈尔的诗集时遇到的一句话:

人类的历史很忍耐地在等待着被侮辱者的胜利。

9月27日,星期日,晴转多云

休息、补觉、宅家、做饭。享受无所事事的美好。

当我没有什么事做时,

便让我不做什么事,

不受骚扰地沉入安静深处吧,

一如那海水沉默时海边的暮色。[1]

---

[1] 引自《原来我们彼此深爱》。

9月28日,星期一,晴

今天我把前几年写的东西都打印了出来——提醒自己还有这些未完成的"作业"。没有留下记录的那些岁月都(几乎)成了空白,可是很显然,大多数人并不在乎。6月的某一天之前,我也不在意自己的每一天都是怎么过的——做了些什么,想了些什么,有哪些欢欣鼓舞,又有哪些不愉快,江水是涨了还是落了,桂花是不是开了,光影在树上是如何变幻的……然而,现在不同了,一切都不同了,这一切的"琐碎"于我都有了意义,都变得重要,都成了我画布上的静物对象和颜料,都是我笔下这个二维平面保险柜里储藏的珍珠和宝石——每一颗都很精美,都很珍贵,它们是变化的财富。

> 时间是变化的财富,
> 但时钟在它的游戏文章里
> 却使它只不过是变化而没有财富。[1]

9月29日,星期二,小雨

阴天有雨。曾有人说过,雨水不是水的另一种形式,雨水是泪水的另一种形式。今天朋友很不快活,暗示自己曾

---

[1] 引自《原来我们彼此深爱》。

在大雨的掩盖下哭过,写道:

从邮局出来,

天刚好开始下雨,

正及时,

雨水拍打在脸上,

比泪水更冰凉。

今天,还有人不快活——我也不快活,也许是因为这天气,也许是感应到了友人那伤感的情绪。总之,这颗心懒懒的、阴沉沉、雾蒙蒙,淅淅沥沥地下着阴郁……

我想过要不要换一个城区待一会儿,最后还是留在了原地,遇到不顺心的事,不一定总要选择逃避。

我选择了书——读完了泰戈尔的那本诗集。我播放巴赫。我又拿起《元素周期表》,从头开始读它。普里莫·莱维,这本书的作者,奥斯维辛集中营幸存者,最后还是选择了结束自己的生命,以逃避他痛苦而无法挣脱的记忆。看到这里,我已经看不下去了,并不是怀疑这本书的精彩,只是觉得它不适合在今天这样的日子里阅读——这本书的气质天生阴郁而沉重,读它的人需要一个平和、坚定而阳光灿烂的心境。

下午时,躲在咖啡馆里的香味和嘈杂里,我又捧起了阿多尼斯的《桂花》。广场上的那几棵桂花树已经开花了,比东湖那边的花期晚了几天,但同样香甜无比、沁我心脾。

等我带着《桂花》从咖啡馆出来时,雨停了,天空慢慢变得明亮。工作人员在湿漉漉的地面上演练着消防技巧,他们头顶上悬着一个个大大小小的青黄色的橘子,它们在雨后的微风中小心地摇晃着。

"请勿高空抛物",我想起中午时在一棵樱花树的树枝上挂着的这个牌子,觉得好笑,又觉得我想多了。这些树木是善良的,不到时节,它们不会将它们的东西随意地丢弃,更何况是它们的果实;即便是落叶,大树也会礼貌地请求风儿将它们带走,再轻轻地放在土地上……

果实的事业是尊贵的,花的事业是甜美的,

但是让我做叶的事业,叶是谦逊地专心地垂着绿荫的。[1]

---

1 引自《原来我们彼此深爱》。

/ 十月 /

10月2日,星期五,小雨

今天和爱莉丝相约"老汉口"、"老租界"、老教堂一日游。

回来时,路过武胜路上的那家书店,买了一本书《所谓世间,那就是你》。

已经不记得这是我第几次和这本书相遇了,也许真的有缘吧,它竟然还在那排书架上,真让我有些吃惊。

可能是它的品相太过陈旧了些,俨然已经成了一本实实在在的"旧书",但偏偏和一堆裹着塑封的"新书"摆在一起,以人们喜新厌旧的天性,除非对书籍有着奇怪的偏好——大约像我这样的——恐怕它还要在这排书架上再等待"一百年"吧。

书店日记

10月6日，星期二，小雨

我终于在书店里看完了那本书。也不知道那本书哪一点让我如此着迷，连着看了几天——仔仔细细、从头到尾，几乎搭上了我的整个假期。

也不知有多久没像这样完整地读完一本书了。我寻思着，它吸引我的地方应该是它背后"背负"着的那些文字吧：

重要的东西

有时也许会迟一步才来

无论是生活还是爱情

……

只要坚持下去

总会有人用尽生命来温暖你

……

但其实它真正吸引我的地方远不止于此。这些文字，虽然会让人触动，总显得过于虚浮，有些矫揉造作，不足以长久地吸引住捧起它的人。

真正动人的还是书里的小故事，这与昨天看的电影《我和我的家乡》还真有几分相似之处——一部影片，一个主题，几个独立的小故事。每一个故事都与自己无关，自己只是一个趴在书页上的看客。但读着读着似乎也并非完全如此,每一个故事似乎也都与自己有关,好像那就是自己的故事、自己的人生、自己的境遇……原来在这世上,远不止你我在独自忍受着人生的凄楚、孤独和悲凉。

10月7日,星期三,阴

又有几天没记日记,问自己是不是很忙?这几天,身体和灵魂是不是在路上?都不是,至少,我不在路上,还在原地,一直在这个城市里。我的灵魂倒是一直在路上奔忙——有时在书店里,有时在书本上,有时在咖啡馆里,有时在马路边上,有时在空气里,有时在发呆时的虚无里……总之,趁着手边没有纸笔、没有键盘的时候,它一直在思考、一直在观察、一直在生发各种想法。而这些想法大多是客观的、现实的,不乏悲观和消极,还有满满的惆怅。

我不喜欢过节。所谓"浓浓的节日气氛"不过是一种沉重的精神负担,这种虚浮的热闹氛围将寻常日子里人们本就无处不在的、默默潜行的、灰色的失意,孤独和寂寥衬托得更加明显——就好像突然被人泼了几桶色彩浓烈鲜艳的油漆,这些寂寞的情绪再也无处隐藏自己的行迹,被迫暴露在这虚无的光天化日之下。它因此而愤怒,但依然隐忍;它因此而感到忧伤,试图抵抗和振奋,但依然忧伤——这是节日里特有的限量的那种伤感,与平日里的并不完全一样。

今天是长假的倒数第二天,说不清到底是个什么样奇怪的心情。这会儿,书店咖啡馆里已座无虚席,我的隔壁左右前前后后都是沉默的读者,或者看书,或者看手机,或者看电脑,或者敲着键盘,四下里传来各种动静——大人的脚步声、读者之间压低嗓门的交谈声、孩子稚气的说话声和噔噔噔的跑步声,还有书本掉在地上的声音、远处的声音、近处的声音……这里并没有绝对的沉默和安静,但一切都显得刚刚好,真实可靠,没有书店之外的空间里弥漫的那种造作的幸福感和喧嚣。

我总以为,书店里的孩子和书店外的孩子是不一样的,书店里的大人和书店之外的大人也不一样,倒不在于他们的出身、社会地位、金钱财富这些东西——书店内外,没人在乎谁是谁。

刚趁着给电脑充电的工夫,我瞅了一眼左手边坐着的读者在读的书(他刚好离开了),原来叫《为生命而阅读》——我记得曾经随手翻阅过这本书,但终究没买。仅读一下这个标题,已经足够励志和营养,就算不读,我想我的生命也应无恙。

10月11日,星期日,晴

清晨,橘金色的朝霞趴在阳台的窗户边上把我叫醒,本想再赖一下床,可是那光芒太美好、太耀眼,包裹着满满的振奋人心的能量。

中午，快递如约把我的新冰箱送到了，再过半小时就能通电使用了。

傍晚，和爱莉丝约着去"山谷"的一家西餐厅聚餐，一起庆祝这疫情后的"重生"。我们几乎把自己前半生的酒都给补上了——慕尼黑小麦啤、绝对伏特加、白色的玛格丽特，还有一种好似彩虹一样绚丽的鸡尾酒——已经忘记它的名字了，只记得它真的很美。那一桌的各式酒瓶和酒杯也都很美，在夜晚餐厅那柔和的灯光下熠熠生辉。终于"解放了"，人们又能再次相聚到一起，享受那奋力抗争后重获的自由的魅力。

半梦半醒之间，那歌声[1]开始在我脑海里呐喊、震荡、回响：

这放纵的感觉

超越一切

不再胆怯

……

然后，我又隐隐约约想起了那个新冰箱——

她买的哪里是冰箱，

她买的，是独立和自强，

一个人的日子，

更要过得如诗画一样；

女人，

就要把自己活成一个海盗，

---

[1] 指中国歌手华晨宇的说唱摇滚歌曲《异类》。

时而温柔,

时而痴狂;

女人,

就要把自己变成一个酿酒师,

借助岁月的长河之水,

调制出自己独特的那一款酒酿。[1]

10月12日,星期一,晴

今天的工作地点在"山谷"的那家物外书店。今天我拜访书店的目标很明确——是冲着一本书去的。之前,我曾在书店大门口的展示台上看见过它,虽然仅仅扫了一眼,但它的书名给我留下的印象依然清晰。

到了书店,在它原来的位置上并没有发现它的踪影,我在附近几个展台上快速地搜寻了一番,同样没有发现。看来我只能求助书店店员了。

"麻烦您帮我找一本书吧?"

"书名记得吗?"店员问道。

"……应该叫《开家书店,顺便赚钱》。"我告诉店员说。

"这个书名好啊!"书店店员在电脑前一边检索,一边微笑着打趣道。

---

[1] 此为作者创作的诗歌《冰箱与酒酿》。

"这书名是挺有意思……"我笑着附和。但心里真正想的，和我对于书名的一贯看法并无二致——过于直白世俗的名字都天然地缺乏神秘感和收藏价值。

"这本书只有一本了，放在这一排尽头的第一个展台上……"店员站起来比画着告诉我大致的位置。

我找到了它，带它去了书店的咖啡区，并开始翻阅起来。在它的目录和书页之间，我跳跃式地翻来翻去，"阅无定所"，眼睛移动的速度比平时读书时快了许多倍——这就是所谓的速读吧。这本书的内容并未超出我之前所料想的。

离开书店时，我没有读完这本书，也没有买下它，只把它安好地放回了它原来的地方。在它旁边我又发现了另一本关于书店的书。那标题依然繁复而啰唆，但它涉及生活、涉及未来，有谜题、有实验……

我拿起其中一本，大致翻阅了一下，带着它和另一本书去了收银台，然后回家。

2021年

/一月/

1月31日，星期日，小雨

"我们的书店是在街角的一个竹林里，这里很美丽。"爱莉丝在书店里，在自己的电脑上敲了这几个字。

书店今天开业了。竟然有种不知道说什么的感觉——词穷了。距离我上次在日记上搁笔，已经三个月有余，这三个多月的时间里我经历了太多的事情，也做了太多的事情，就像一只勤劳的小蚂蚁，不，像一只勤劳的小蜜蜂，把不同花朵上的蜂蜜采回这个小店，其中最美的那朵叫做"时间玫瑰"。它有一种神奇的魔力，传说，当一只小蜜蜂找到这朵玫瑰的时候，它就能实现自己的梦想。

上午九点五十八分，我第一次在白天点亮了这家书店——这就是开业仪式。朋友们陆陆续续送来了鲜花和他们美好的心意与祝福。

夜幕降临，此时，王老师在画着油画——一个他送来的带有两朵向日葵的漂亮小花篮；龙老师在画门采尔的速写，爱莉丝在一旁观摩学习，然后加入了速写的队列；彩霞藏在向日葵花篮后面，专心地看着书；而我终于把键盘重新接在了电脑上，开始在上面敲击文字——重启我的书店日记。经过一整天的兴奋和激动，以及不知所措之后，大家终于安静了下来。确切地说，我们的心都慢慢安静了下来。

我还记得电影《书店》片尾的那一句话——在书店里，人们永远不会感到孤独。

值得一提的是，今天售出的第一本书是《上下五千年》，而最新版的《中华人民共和国民法典》[1]是售出的第二本书——彩霞也因此成了书香5号书店的第一位顾客。

---

1 《中华人民共和国民法典》自2021年1月1日起施行，文中售出的这本书由中国法制出版社出版。

书店日记

/二月/

2月1日，星期一，小雨转晴

书店开业第二天，爱莉丝在书店里完成了她的第一幅速写油画——插在淡紫色花瓶里的一束火红的玫瑰。

下午，书店迎来了两位尊贵的小客人——应该是还在上小学的两个娃，一个小男孩、一个小女孩。他俩十分好奇地四处看了看——"哈利·波特"没能吸引他们（身上的钱没带够），《精灵鼠小弟》《夏洛特的网》……也没吸引住他们，最后，他俩竟一人拿了一本最新版的《中华人民共和国民法典》，问我这书多少钱。我说，十八元一本，小男孩面有难色，说他只带了三十元，不够买两本。爱莉丝随即说道："那就三十元吧，卖给你们两本。"

"真的?!"小男孩很开心地把卷成一卷的零钱塞给我。那小女孩呢，她停留在了习近平总书记的作品专架前，认真地浏览着书架上的书，然后踮脚指着其中一本书跟我们说，

"等我带够钱了,我要把这买一套……"我们顺着她手指的地方一看,原来是《习近平谈治国理政》丛书。

看着这俩可爱的孩子带着各自鲜红的《中华人民共和国民法典》小本和各自的棒棒糖(书店赠送的)离开书店,我和爱莉丝感慨万千——少年强则中国强!值得值得!

2月3日,星期三,晴

今天立春,阳光灿烂而温暖。等我做完书店里的卫生,已接近中午,暖暖的阳光洒落在落地窗边的沙发上,吸引着我过去小坐片刻。被阳光照射的金色气球反射出金属的光泽,手里的棒棒糖竟然和淡紫色花瓶里的红玫瑰是一个颜色。难得心情和时间都刚刚好,乘兴我发了一条动态:

我发现店里的棒棒糖都是被我吃了……棒棒糖加苦咖啡,简直就是苦中有甜的绝配。

今天立春!阳光不错!适合适合!(微笑的太阳)

……适合什么?!

适合晒太阳,适合看书,适合思考,适合会友……

下午,爱莉丝的几位朋友齐聚书店,为这新生的书店带来了君子兰和兰花盆景,沉寂了一上午的书店顿时热闹了起来,其中两位老师还为她们的孩子挑选了几本新书[1]带回

---

[1] 这些书包括《银河帝国:基地》《人类群星闪耀时》《丘吉尔传》《果壳中的宇宙》《肖申克的救赎》《福尔摩斯探案集》《人类简史》《未来简史》《爱因斯坦传》。

家。这个温暖的早春下午用"高朋满座,以书会友"来描绘是最适合不过了。

2月4日,星期四,小雨

农历腊月二十三——北方小年。

上午,小达尔文的妈妈带着他和弟弟一起来书店小坐。儿童书架上的那套四大名著的手绘漫画(小人书)受到了小达尔文的青睐,他连着翻阅了两册,一边看一边与妈妈讨论《水浒传》里的故事和其作者(施耐庵)分别是什么年代的。

因为这孩子很喜欢小动物,而且现在正在学习德语,我就为他推荐了《所罗门王的指环》[1]。离开时小达尔文的妈妈给孩子买下了这本书,小达尔文说,明天来书店时会给我带几本他家里的书。

快打烊时,一位戴着口罩的女人走进了书店,她好像很喜欢商务印书馆的那套经典丛书——她的目光在那一排书架上停留的时间最长,我踩着梯子为她取了位置较高的一本《释梦》[2],然后她坐在桌前翻阅了一会儿。离开时,她却带走了《致加西亚的信》。这是一本旧书,但她并不介意。

---

1 作者为康拉德·洛伦茨,他是现代动物行为学之父、1973年诺贝尔生理学或医学奖获得者。这本书由中信出版社出版。

2 该书有的版本被译为《梦的解析》,作者为弗洛伊德,由商务印书馆出版,属于《汉译世界学术名著丛书》。

2月5日，星期五，小雨

今天是农历腊月二十四——南方小年，是个吉祥的好日子。这天刷新了这家书店的数个第一。

第一次，小达尔文在书店里上德语课；第一次，与读者开展了旧书换新书的交易活动；第一次，有书商为书店送货上门（他兜兜转转了半天没找对地方），货物是一个包着二十八本书的大包裹，里面有上海三联书店出版的《国学经典》丛书、《洞穴奇案》[1]和一套《约翰·克利斯朵夫》；第一次，有读者在这书店看电子书——一个男孩，应该在读初中吧，他在书店里待了差不多两个小时，一直静静地坐在那个离书架最近的位置，埋头盯着一本电子书，旁边放着红色的咖啡杯，那是他的美式咖啡；第一次，有奶奶给小孙子买棒棒糖吃。

今天过小年，我心心念念地想着早点回家去"过年"。正准备离开的时候，一个年轻爸爸带着女儿来到书店，实在不忍心让小女孩失望，我重新打开了书店大门。

书店里的人慢慢地又多了起来，不知什么时候进来了一位老先生，他缓缓地在各个书架前浏览——几乎是一个隔层顺着一个隔层地浏览着书架上的书，有时候抽出来一本《自然哲学的数学原理》，一会儿抽出一本《物理学的进化》，

---

[1] 原书名为 *The Case of the Speluncean Explorers*，作者为彼得·萨伯，由九州出版社出版。

过了一会儿又拿出《大学物理》翻看一下，再放回去……站得累了，老先生挪过一把旁边的椅子坐下，他坐在了我最喜欢的书架前，仔细地打量着隔层上的书。最后，老先生没有买书，也没有坐下来喝咖啡，他缓缓转身来到收银台前，忽然开口对我说道："你这个书店开错了地方。"

蓦然间我有点不知所措："怎么呢，您为什么这么说？"

"这个地方，是有钱没有文化的地方，这里，没有人看书……"

我隐约感觉老先生也许是对的，但作为新晋的书店人，我却并不情愿听这样的"大实话"，所以我回答道："您看，还是有的……"我指着离书架最近的那张书桌，正埋头看书的一对母女说。

老先生听我这么说，顺着我手指的方向看过去，看了看那对依然埋头读书的母女，略微停顿了一下，然后说道："你们做的是千分之一的生意……这是对的，不然，我们的民族就完了。"说完，老先生缓缓转身离开了书店。

"谢谢您！欢迎您有空常来！"看着老先生远去的背影，我的内心充满了敬畏与感激！

2月6日，星期六，晴

上午开店不久，不到十二点，一位中年女士进店买了一本《梁漱溟访谈录》[1]。"来支持一下……"她说道。然后

---

[1] 该书由梁漱溟口述，白吉庵撰著，由人民出版社出版。

她问我为什么会在这里开书店。

下午时分,太阳出来了一小会儿,一对父母带着他们的女儿来到书店买了一本《窗边的小豆豆》[1],还有一根棒棒糖。正当这一家子准备离开的时候,小达尔文进来了,随后他爸爸也到了书店。小达尔文对我说,他还是第一次看到《中华人民共和国宪法》[2]。

我问他想看吗,他说想,我为他拆封了一本。他抱着《中华人民共和国宪法》,挑选了那一张离书架最近的桌子坐下了,他爸爸挑选了一本《乡土中国》[3]。

夜幕降临时,到书店来的人倒是多了起来,一下子卖出了四本书——一个个子高高的女孩买走了太宰治的《人间失格》和《罗生门》,爱莉丝买走了加西亚·马尔克斯的《霍乱时期的爱情》[4],一对年轻的父母为他们的女儿买了一本儿童绘本,真好。

2月7日,星期日,小雨

今天是周日,也是春节假期前调班的工作日,又加上天气阴沉湿冷,鲜有顾客上门,除了上午有一对母子进店看了看,之后店里就只有我这一位忠实的顾客了。正好攒足了

---

1 作者为黑柳彻子,由南海出版公司出版。
2 该书为精装大字宣誓本,由中国法制出版社出版。
3 作者为费孝通,由天津人民出版社出版。
4 作者为加西亚·马尔克斯,由南海出版公司出版。

书店日记

空闲时间,我可以安安静静坐下来做手头的事,我又想起来那句话——在书店里,人们永远不会感到孤独。

刚写到这里,一位男士走了进来,看样子是第一次发现这里开了一家书店。

"有人来吗?"他一进门就问我。

然后,他又以极快的速度浏览了各个书架,自言自语地说道:"好多书我都看过……"

那还真是了不起呢。我心想,但没有说出来。

然后,他转头问我:"为什么这里没有莫言的书?"

原本我想回答他:"为什么这里一定要有莫言的书?"但最后忍住了,没有说出来。

……

这个男人的问题的着重点与之前问我"为什么开书店?"的人的着重点还是稍有不同。他的疑问好像在于,看书为什么要到书店里来看,意思是,在家也可以看。至少,他发问的前提是,书还是有人看的(只不过应该在家里看书)。

之所以在这里把"有人来吗?"这个问题浅析一番,确是因为他的这个问题提得有独到之处。而且,他的问题的前提或潜台词更丰富新鲜了一些——除了"网上买书更便宜(好像不要钱似的)""现在还有谁看书""现在的人喜欢看电子书""现在的人更喜欢看手机"等等这些能让人耳朵起茧子的陈词滥调之外,他应该只是在暗示一点——书是在家里看的。好吧,如果真的是这样,那就把我们书店里的书都买回家看吧——我完全没意见。

这位男士走后不久，又进来了一位女士。她四处看了一看，没有久留，离开时说，我们书店的规模有限。我只想说，她肯定不是第一个说这家书店"规模有限"的人，对这样的说辞，我没几天就已经习惯了，都懒得应声。现在的人，书还没开始读几本，就开始嫌书店小了。

2月16日，星期二，晴

今天是大年初五——民间俗称"破五"。开工大吉！恭迎五路财神！

一大早，我敞开大门，春天的暖风吹进了书店。我放出喜庆的歌曲，清扫地上的尘土，扔掉衰败的花朵（我把掉落的花瓣都抛撒在了落地窗边的杜鹃花花坛里，为杜鹃花增添一点营养），打理一本本旧书。劳动才是书店恭迎财神的正确仪式。我想，财神爷应该也很喜欢逛书店吧。

果不其然，忙着忙着，一位女士走进了书店，在各个书架前仔细地浏览了一番，然后抽出了其中的一本书——《贫穷的本质：我们为什么摆脱不了贫穷》[1]。我暗中感叹这位女士的慧眼独具。

在这个国度，没有人不敬爱财神，就像没有人不喜爱金钱一样。然而人们恭迎财神的方式却是千差万别——有人靠社交，有人靠烧香发愿，有人靠劳动，有人靠阅读，有

---

1 作者为阿比吉特·班纳吉和埃斯特·迪弗洛，由中信出版社出版。

人靠节俭，也有的人兼而用之……不知道财神爷会更喜欢哪种恭迎和供奉他的方式，也不知他更喜欢进谁家的大门。

可能是受了那位女士的启发，闲下来时，我随手翻了翻《洛克菲勒留给儿子的38封信》[1]。

2月17日，星期三，阳光灿烂

今天大年初六，开门大吉，希望书店一整年顺顺利利、顺风顺水。

刚开门不久，一位中年读者走进了书店。没过一会儿，他也问了我"那个问题"——"为什么想到在这里开书店？"

"这是最新的民法典吧？"他拿起花篮里的一本鲜红的小册子问我。

"是的。"我回答道。

然后，他拿着《中华人民共和国民法典》在一张椅子上坐下，开始翻阅。临走时，他从书架上又拿了一本《中华人民共和国民法典》，然后把之前的那本放回到花篮里，用现金买下了书架上的那本《中华人民共和国民法典》，带着它离开了书店。

又过了一会儿，我不经意地向大门外瞅了一眼，正巧看见一对年轻人骑着电动车目标明确地朝书店的大门口驶来。果然，他们的电动车停在了书店门前，坐在后座的女孩

---

1 作者为洛克菲勒，由九州出版社出版。

下了车，大步流星地进了书店，接着男孩也跟了进来，他俩四处看了看。

"请问您这里有英文书吗？"女孩来到前台问我。

我为她推荐了中英对照全译本的《绿山墙的安妮》[1]《野性的呼唤》[2]《玩偶之家》[3]……但这些似乎不是她想要的——她想找的是那种全英文的书籍。

而我竟然说没有！等他俩离开之后，我忽然间想起来，怎么没有？书店里不是有全英文的《柳林风声》[4]吗？

这一幕充分暴露了两个问题：首先，我对书店的图书还不是完全了解；其次，进购图书时我应该再扩大心胸和眼界，而不能（完全）参照书店店主自己的阅读兴趣。一家书店（暂不论其大小）所面临的读者群体是广阔甚至是无限的，你无法预知下一位走进你书店的顾客需要什么书或是想找哪一本书。尽管我无法做到满足每一位顾客的阅读需求，然而，抱着一种谦逊、包容、开放的态度为书店选购图书一定是正确的。

---

[1] 原书名为 Anne of Green Gables，作者为露西·莫德·蒙哥马利，由世界图书出版公司出版。

[2] 原书名为 The Call of the Wild，作者为杰克·伦敦，由世界图书出版公司出版。

[3] 原书名为 A Doll's House，作者为亨利克·易卜生，由世界图书出版公司出版。

[4] 原书名为 The Wind in the Willows，作者为肯尼思·格雷厄姆，由世界图书出版公司出版。

书店日记

2月18日,星期四,晴

今天大年初七,天气继续晴好!七星高照!八方来财!卖出了四本书——《云边有个小卖部》《本草纲目》《孤独是生命的礼物》《财富的本质:1%的人如何实现爆炸式财富增长》。

2月19日,星期五,晴

大年初八,天气依然不错,阳光灿烂而温暖。今天又卖出了几本书——《笛卡尔哲学原理》《数字城堡》《自然哲学的数学原理》《北大历史课》。

2月20日,星期六,晴

忽如一夜春风来,千树万树"百"花开。上午在来书店的路上,我骑着自行车,迎着暖融融的春风,迎着路边和眼前的各种花树,这是我最震撼的感受!春天真的来了。书店旁边的樱花树也开花了,淡淡的粉色,浅浅如云飘浮在空中。

刚刚有位女士走进店来,手上裹着纱布和手绢,似乎是受了什么伤。聊了几句,我发现她非常乐观开朗——当我向她推荐新的民法典的时候,她忽然大笑起来,说道:"你把我们想得太爱看书了……"一边说还一边用受伤的那只手捂着嘴笑。

过了一会儿,又来了一位中年男士,一进门就挑了一本花篮里的《中华人民共和国民法典》。言语间,他以比较温婉的语句也问了"那个问题"——"为什么要开书店?"同时补充道:"这个年头开书店,给人感觉……很有勇气。"随后,他挑了收银台对面的一张桌子坐下,手里拿着那本鲜红的《中华人民共和国民法典》说道,其实他也有和我一样的想法——在这里开一家像这样的店,提供免费书刊供人们休闲阅读。接着,他开始打听书店的租金是多少。当然,我从不向顾客分享我的压力。

今天第一次为兰花盆景浇水——好像水浇多了。

夜幕降临后,有个女孩走进了书店,戴着黑色的口罩,衬托出那一双很美丽的眼睛。她也有让人感觉自然清新的谈吐。女孩买了一本三十二开本的《中华人民共和国民法典》[1],带着微笑离开了。她说下次会带电脑在人不多的时候来书店办公。

后来,又来了一位面生的顾客,他也买走了一本《中华人民共和国民法典》。也许,我刚刚遇见了一位作家,一位很年轻的科幻作家。

---

[1] 书店出售的《中华人民共和国民法典》有十六开、三十二开和六十四开三种版本。

书店日记

2月23日，星期二，晴空万里

住在附近的小朋友似乎在书店里找到了新的乐趣——填数独、下围棋、玩游戏……

一个原本只想看《米小圈》那系列图书的小男孩，在妈妈的支持与劝导，还有两位同学的帮助下很快学会了数独。

一下午的时间，我被几个小朋友围着，倾听他们的各种建议、各种点评、各种问题——有关于价格标签的、有关于商品价格的、有关于选书的、有关于文具品类的，也有关于《断臂的维纳斯》[1]的衣着是否过于暴露的……

"在书店里，人们永远不会感到孤独。"——影片《书店》里的那句画外音又浮出了水面。

有小孩子出没的书店，更是充满了喧嚣而积极的欢乐。

2月24日，星期三，晴转多云

今天算是看完了那本亿万富翁写给儿子的三十多封书信，获益匪浅。

"我不喜欢钱，我只是喜欢赚钱。"书里这样写道。

---

1 是指书香5号书店里的一尊高约三十厘米的《断臂的维纳斯》石膏塑像。

"智慧书的第一章也是最后一章——天下没有白吃的午餐。"那本书里还写道。

夜幕降下时,两名学生走进书店。其中一名首先问我有没有"某某杀"的书。我真的不知道他说的是哪几个字。在一旁的同学补充道,那是一本讲"狼人杀"的书。我说没有。然后,他又问我有没有《十宗罪》。我说没有。最后,那同学又问有没有《四百种死法》。这难道也是一本书的书名?我在想,认为这有点不可思议。

但再说"没有"(的确也没有)似乎显得不妥,于是我告诉他说:"我们这儿有《一千亿种生活》[1]。"

2月25日,星期四,阴

也许是气温骤降的原因吧,今天一本书都没卖出,倒是损失了我心爱的圆肚茶壶花瓶——一个调皮的小朋友不小心将它碰落在了瓷砖地板上。花瓶瞬间碎成了几块儿,这实在让我心痛不已。如果把它放在家里,虽然它见不到这书店里的熙熙攘攘,但应当会平平安安、完好无损地追随我一生吧。

收工!回家!

---

[1] 原书名 *A Snow Garden and Other Stories*,作者为蕾秋·乔伊斯,由北京联合出版社出版。

书店日记

2月26日，星期五，阴

今天是正月十五元宵佳节，民间俗语有云"月半大如年"，书店休店一天。我在家陪伴家人，聚餐，斗地主，吃汤圆——其乐融融，好不温馨。

2月27日，星期六，阴

今天终于出现了一位在书店里为女儿朗读绘本的妈妈，母女两人依偎在一起的那画面像极了这书店灯箱上的那幅莫奈的油画。真美！多么幸运的孩子啊！

那本绘本名叫《活了100万次的猫》[1]。

2月28日，星期日，小雨

"永恒不变的唯有改变，尽管这句话是老生常谈，但它依然是真理。"——这是一本新书《微积分的力量》[2]开头部分的一句话。对我来说，也算是老生常谈了，但如今再次在这本书里与它不期而遇，依然觉得亲切。

---

1 作者为佐野洋子，由接力出版社出版。
2 原书名 *Infinite Powers*，作者为史蒂夫·斯托加茨，由中信出版社出版。

永恒不变的唯有改变……设定目标,然后拭目以待吧。也许这就是商业的魅力所在,你永远不知道你每天、每时每刻、每分每秒的付出会带来什么。而我们唯一能做的就是在无穷多的微小时刻里做好自己该做的事情,不断从书本中学习,汲取知识、经验和精神的养料,促使自己不断变化、不断更新、不断成长。

"你是个混蛋!"

"是啊,好吧,你是两倍的混蛋!"

"你是无穷倍的混蛋!"

"你是无穷加一倍的混蛋!"

"那和无穷倍是一样的,你这个笨蛋!"

"这些有启发意义的对话让我确信,无穷的行为和普通数字不一样。当你给它加上1的时候,它不会变大,即使给它加上无穷也是这样。它的这种所向披靡的属性极其适用于终结校园内的争论,谁抢先使用它,谁就赢了。"书中写道。

书店日记

/三月/

3月1日,星期一,小雨转晴

又是一年春三月。今天我起了个大早,到书店时,天幕还是灰蒙蒙的。我先做完了店里的卫生,然后为自己准备了一份书店早餐——烤土司、白水煮蛋,再配上一大杯牛奶咖啡。我想,这个3月的关键词应该包含了早睡早起、营养早餐、积极锻炼……

今天孩子们开学了,也算是喜事一桩吧。

3月2日,星期二,晴

我今天也算起得比较早,出门时天已经放晴,太阳又露出了笑脸,喷泉在清澈的阳光下带着欢快的韵律上下喷涌着水花。小区大门也再次开放了——人们再也不用绕着远路进进出出了。一切看上去都很美好。

上午,一位快递小哥来书店里取件。在我支付快递费时,他看见了花篮里六十四开本的《中华人民共和国民法典》,然后拿起其中一本快速翻阅了一下——认为这个版本不太容易理解。最后,在我的推荐之下,他果断地买下了另一本厚厚的实用版《中华人民共和国民法典》。

当快递小哥付了书钱,带着他的书准备离开书店时,他说:"我早就想买一本民法典了。"

世界上比巴赫的哥德堡变奏曲更动听的是什么?

这书店外的鸟鸣声。

3月4日,星期四,晴

天气慢慢转暖。今天我搬了一张长桌到书店里——作为书店的中岛玄关——从风水学角度讲,为大门设置一个玄关总是有益的。

在我把桌子搬来不久,进来一位女士。虽然还戴着口罩,但我一眼就认出来,她带着儿子曾经来过,买了一本《中华人民共和国民法典》,并为儿子买了一本《数独》,因此我对这位母亲的印象依然深刻。

但今天她是独自来的,儿子应该还在学校里上课吧,我想。

"啊……来这里清静一下……家里太吵了。"她说道,然后点了一杯咖啡,选了落地窗边上阳光最充足的那张沙发

书店日记

坐了下来——看看书、做笔记、喝咖啡……

而我则在一旁安静地摆弄设计我的"新玄关"。偶尔这位热心的顾客还会为我提建议,说这桌子横着放太长,影响人们进出的体验和便利。我深以为然,采纳了她的建议,在她的帮助下,我俩又把这桌子来回摆弄了一番,直到都满意为止。

夜幕已经降下,书店的灯箱被我庄严地点亮。不经意间,放眼窗外,我发现灯光已把门前的竹叶染上了一层白霜……

硝烟将尽　尘未远余音萦绕

隔岸相顾　盼愿再无喧嚣

暮色将至　轻吟唱心爱歌谣

待到破晓　奔赴家乡怀抱

化作古风　背负青山人未老

挚友已故　精气终究未倒

故土燃烧　守卫者涌向风暴

无憾与你相遥　幸而留下微笑

我辗转反侧

依偎涓流

终有一日

和平将倾人间

依稀记得

彼此微笑

驱我身赴沙场舍命夺

余音萦绕耳畔

手足回响我心

伴我始终

难相忘

山盟海誓

勿相忘

与你相遥

我将至此　与你永共

我将至此　再无寂寥

你我同享和平之梦

愿有朝一日　晨曦映照

终还乡

……

此时此刻，书店里一遍一遍地回荡着这首《苏州河》[1]，这是我第一次听到这首歌。

于我而言，其深意也在于那大义赴死、逆行而上的豪情与悲壮。开一家独立书店虽不致赴死，但以此赴死之志，以书本开启民智，"为往圣继绝学"[2]……在如今这世界，不异于一场抗争，谈何容易。

只希望，未来我坚守此"沙场"的每一天都值得；只希望，未来的日子里，进到书店里的学生会问我——这里有没有"四书五经"，有没有"礼义仁智信"，有没有"孝悌伦常"。

1　中国歌手那英与意大利歌手安德烈·波切利（Andrea Bocelli）合唱的歌曲。

2　出自北宋著名思想家张载的名句：为天地立心，为生民立命，为往圣继绝学，为万世开太平。

书店日记

3月6日，星期六，晴

今天是周六，天气依旧是乍暖还寒，书店里冷清如水——倒是一个适合画画的好日子，我正好可以安安静静地继续昨天未完成的部分。正当画作收尾，我的耐心将尽，准备打烊的时候，书店迎来了第一拨读者，又接着一拨读者——家长们带着孩子，或者陪读看书，或者陪玩游戏……店里渐渐变得热闹起来。其中一个小姑娘，和妈妈还有姐姐在书店里玩耍了半天，一会儿看我做咖啡，一会儿和妈妈学习跳棋，一会儿又跑过来看我画画，一会儿又悄悄问我——这画里有没有公鸡和玫瑰花。回家之前，小姑娘在门口拽着妈妈的衣角，一边吃着棒棒糖，一边甜甜地问道："妈妈，妈妈，我们就住这里吧？"

今日的情景，让人有些心绪难平，想起一些往事——每个有热爱的人，这一生都要为自己所热爱的一切默默地承受多少艰苦努力和孤独寂寞，甘愿忍耐和坚守，就像辛弃疾的词所描述的那些人——都在灯火阑珊处。从事艺术的人，不能虚荣，发现美、创造美，在繁花似锦处，唯独自己要学会退场。世间至美之物皆是独行——美丽和繁盛都是在孤独中酝酿的。一切才刚刚开始。

我悄悄摘录了爱莉丝今天发的动态，担心她会再悄悄删掉，岂不可惜了，放在这里倒是合适。

世上事就是如此,每当你想放弃的那一刻,机会就来了,但前提一定是,你的坚持得足够坚持、足够用心、足够无愧。

3月8日,星期一,小雨

今天是"女神节"。我弄来一堆鲜花,经过一番修修剪剪,弄得地上一片狼藉,终于把它们摆满了书店——作为献给各路爱书女神的春天之礼。

如果这是第二次,那就不是巧合——我敢推断,快递小哥是一群热爱阅读、心存梦想的年轻人。事情是这样的:

刚过中午,一位快递小哥冒着淅淅沥沥的小雨把汉堡送到了书店里,并问道:"这是书店吗?"

"是呀。"

"您这里有《围城》[1]吗?"他又问道。

"有的——在这里。"我转身领着他来到《围城》所在的地方,他还为他雨衣上的雨水弄湿了书店的地板而小声抱歉。

他说,他也想开一家像这样的书店。

最后,快递小哥离开了书店,走进了雨里。和来时不同的是,他走时拘着一本书。

---

[1] 作者为钱钟书,由人民文学出版社出版。

书店日记

3月9日，星期二，雨

下午，书店陆续进来两位顾客，中等年纪。就像约好一样，他俩一前一后，进店后问的第一个问题都是——书打折吗？

"不打折。"我用几乎同样的话答复了他们的问题。

很明显这两位不是来买书的，更不是来看书的。他们只是换了一种方式问了我那个"古老的问题"——"为什么会开书店？"

后面进来的那位顾客，听闻我说书按原价出售，他略带着一种"不可思议"的神态最先离开了书店；先进来的那位顾客，倒是在各个书架前流连了片刻，临走时对我说，这里的书他几乎都看过，而且他们家的书比这里的书多出几倍。最后，他还把这书店的书品和店主的人品顺带着评价了一番——认定这书店的店主是个文化人。

3月12日，星期五，阴晴交替

据我观察，小朋友说话比大人更靠谱。如果一个准备离开书店的大人说，好，下次再来，或者，下次来喝咖啡。我知道，我不需要对这种"下次承诺"太过当真，他们基本上不会在短时间内再出现；而当一个小朋友说，我下周五再来。那么,他或者她大概率会在这个"下周五"出现在书店里。

就这样,下午时分,正是学校提早放学的点儿,上周五许下这个"下周五承诺"的小朋友和他的同学一起来到了书店。

"我们来了!"一进门,小朋友开心地说道。显然,小朋友没有忘记上周他在书店里说过的话。

瞬间,沉寂了大半天的书店热闹了起来——这里变成了几个孩子的"游乐场"。这让我又想起了某本书里关于孩子的一句话,说得很好——孩子的吵闹声是积极的、向上的,象征着生机与希望。

夜幕降临后,一位年长的男士走进了书店,四处转了一下,离开时对我说:"光线太暗了……"对这些提供了建设性意见再离开书店的人,我开始心存感激。有两个书架的光线确实不足,因为射灯的光线正好被屋顶的管道挡住了。

3月13日,星期六,晴

"出九"了,天气慢慢转暖,但天色依然阴晴不定——一会儿明,一会儿暗,周而复始。

只知道等待和忍耐,并非真正的聪明。这是《塔木德》中的一句话——阅读、等待并忍耐了一下午,现在我能模糊记得的只有这句话。对这句话,我深以为然,只是觉得,它警醒而不失偏颇——学会等待、忍耐。能够忍耐并等待,何尝不需要大智慧。

今天卖出了三本书:《狂人日记》、《魔戒》三部曲、《数独》。

夜幕慢慢降下,我要准备回家了。

这一天,我尽力了。

3月14日,星期日,晴

农历二月初二——"龙抬头"。民间有在今天剪头理发的习俗,据说这样做能为一整年带来吉祥红运。所以今天是个好日子,不仅天气好,阳光充裕,花开得也正好。如此良辰吉日,正是人们赏花踏青的好时候。

上午时光,艳阳高照。到了下午,书店的地板上、茶几上、书桌上已被洒满了阳光,倒是显得书店更加清凉。今天店里少有人来,寥寥数人也都是在准备出去游玩的半路经过书店的。我这一颗心也不知道是被挂在了哪一棵樱花树上,似乎早已不在这空间里了。

当我正准备提前开溜的时候,一下子又冒出来一群小顾客——来这里画油画。

这还是第一次有顾客在这书店里画画,还是一群小顾客。

小朋友们一进来,书店顿时热闹忙碌起来。她们把自己分成两个小组,两人合作画一幅油画——有一组选择了梵高[1]的《星空》[2]；另一组选择了"自己脑海里的一幅画"，完成后，我才发现原来那是一棵落日斜阳下的樱花树（但也有可能是朝阳映照下的樱花树）。我还从未见过比这一棵更美的樱花树！

围着这群快乐的孩子们忙活了一下午，直到她们满足地拎着各自的作品离开书店，然后我开始打扫"战场"。今天算是没工夫剪头发了，只能不拘这小节了。

刚才看那几个小朋友在自己的画布上合作挥毫的样子，每一笔都透着自信、坚定与和谐，好像在说——对，就该这么画！

还别说，她们画得真挺好！潜力无限！

3月15日，星期一，小雨

又开始下雨了。正好，我今天休息——补觉、补精神。奋斗中的人，还是得经常思考一个问题——如何在努力与坚守的同时照顾好自己的身体和精神？简单来说，就是如何能保证自己按时吃饭？

万万不能做"得不偿失"之事。

---

[1] 全名为艾森特·威廉·梵高（Vincent Willem van Gogh, 1853-1890），荷兰著名的后印象派画家。
[2]《星空》是梵高于1889年在法国圣米雷的一家精神病院里创作的一幅油画，现藏于纽约现代艺术博物馆，是梵高最具代表性的一幅作品。

📚 书店日记

如果有一天,有人问我,我人生的座右铭是什么?
我会郑重地回答——好好吃饭,好好睡觉。

3月16日,星期二,小雨

外面又在下雨了。上午,一只小蜜蜂成了唯一光顾书店的顾客。也不知道它是什么时候进来的,当我在落地窗边享用我的书店早餐时,它就在我眼前的红玫瑰花上飞舞,发出轻微的"嗡嗡"声——很轻柔。一会儿它又飞到中岛书桌上空——先在《山海经》上瞅瞅,然后又看看《百年孤独》,接着又飞到紧挨着的《长日将近》上方稍稍停留,最边上的那本洛克菲勒的自传不知道它看了没有。等我再抬起头时,它正在我最喜欢的古旧书架前上下垂直飞舞。

下午,一位拉着小拖车的阿姨径直地走进了书店——她买了两本《中国共产党章程》,结账时她说:"孙子长大了,想让他学习学习……"

阿姨离开书店时,她以很郑重的神情和语气又和我聊了几句,言语之间,我好像听见她说了"精神领地"四个字——是的,她把书店比作了"精神领地"。

3月17日，星期三，阴

平淡无奇的一天。上午很早我就来到了书店，然后为自己准备了一份周全的"书店早餐"——有咖啡，有烤土司，有煮鸡蛋，还有一份平淡无奇的心情。

对于书店这样的所在，下雨天或者阴天鲜有顾客的时候，是最好的成长期，最适合看看书、写写文字……

总之，不能浪费了这每一分每一秒宝贵的书店时光。《塔木德》[1]上说，时间最珍贵。今天读的这本书里，我最喜欢《上帝的回馈》这一篇，它涉及这样一个问题：女人究竟想要什么？

权力、智慧、金钱、爱情、幸福……

也许，很多女人连自己都不知道自己究竟想要什么。

3月19日，星期五，阴

上午，一个年长的阿姨进书店里转了一圈，在各个书架前都停留了片刻，也没说什么，也没问什么。离开时，只听见她自言自语地重复着一句话："这是个好地方……这是

---

1 书店现存有的《塔木德》（Talmud）是由上海三联书店出版的；此处的《塔木德》为另一出版社出版发行的版本，已经售出，故出版社及版次不详。

书店日记

个好地方……"

下午,一位穿着十分体面的高个子中年男人走进了书店——其实也不算是"走进",他就站在书店门口,看上去没有要走进来的意思,也没有要立即离开的意思。他就站在书店大门口的中央开始发表他的高论,说他如何如何感到奇怪现在还有人开书店……还说,就连那些大型书店都不得已关门倒闭了,如此小的书店如何能够生存下去……最后,他还不忘补充了一句,说他相信我们这家书店也做不了多久……

今天的生意确实依然如这天气一般清冷,无奈我只能继续苦读——放下手中的书时,我记得读到的那最后一段是这样写的:

缺乏思想的人,总是被生活的表面现象所吸引,他们关注的就是那些微不足道的事物,却从不懂得去挖掘生活里的奥秘……

在我刚打开电脑开始写日记之前,有一位小女孩悄悄地走进了书店,羞怯地对我说:"我来买那本书。"然后用手指了指门边的那个壁架。这时我忽然想起来,她就是上周五放学后来书店里看了一会儿书的那个小学生,走时,她微笑着对我说:"我下次来买它。"

今天又是个周五,同样是放学的时间,她果然来了,也买走了她上次看的那本书。我给这个小朋友的书打了一个大大的折扣,作为对她守信的赞赏。

3月20日,星期六,晴

今天是农历二十四节气的春分,天气转晴。

书店里的无线网络正式开通了,前前后后只用了两天时间,而我不知道自己为什么要把这件事拖延这么久。

正像一本书里一再提到的,困难或者复杂,往往不在于外界事物本身,大多数情况下,只在于我们自己的这颗心。

今天是周末,书店比平时热闹了许多,尤其值得一提的是,今天书店里来了好几个很优秀的孩子,还有一位对书店、对买书充满热情且慷慨大方的年轻父亲。首先是小达尔文,今天的德语课上他开始认认真真地做起了随堂笔记。课间休息时,这位小生物学家也不忘为我科普鸟类知识。原来鸟类中对伴侣最忠诚的是信天翁,因为每年特定的时候,信天翁都会飞到一个特定的地点等待对方,直到对方来到,不然它会一直在原地等待。不久前拽着妈妈想住在书店里的那个小姑娘又出现了,这次她在书店里认识了"大卫"[1]和"维纳斯",还在书店门口向我展示了她拍皮球的技艺。

我一直都以为,所谓的"大人"如果足够虚心谨慎,就可以从单纯天真的孩子那里学到很多东西。

那第三个让我印象深刻的孩子是一个小男孩,差不多

---

1 指书店里的一尊大约二十厘米高的《大卫》石膏雕像。

书店日记

和小达尔文一样的年龄,性格开朗活泼。这个小孩今天为我"科普"的内容是这间书店里还没有萧红[1]的书,她写了一本书叫《生死场》,她还写了一本书叫《呼兰河传》……离开书店时,我告诉他说,下周书店里就会有这些书了。当然,我决不食言。

"喜欢什么书,你自己看,看好了,爸爸给你买。"——在这个书店里对孩子说这样的话的父亲是有的,今天出现了一位,然而着实很少见。这位父亲和他的孩子一起挑选了一套科幻小说——《三体》,然后一家人满意地离开了书店。

3月21日,星期日,晴转阴

真是尴尬,今天为顾客介绍《人性的枷锁》[2]时,竟然把它的作者张冠李戴地说成了是加缪[3]——明明是毛姆的书。好在这位顾客很有涵养,并没有立即纠正我的错误,还决定买下这套书。

一大清早,一位顾客兴冲冲地走进书店,一进来就想和我讨论那个老生常谈的问题——"如今开书店怎么赚钱?"

---

1 萧红(1911-1942),本名张秀环,中国近现代女作家,被誉为"20世纪30年代的文学洛神",其代表作有《生死场》《呼兰河传》《马伯乐》等。
2 作者为威廉·萨默塞特·毛姆,由人民文学出版社出版。
3 全名为阿尔贝·加缪(Albert Camus,1913-1960),法国作家、哲学家,存在主义文学、"荒诞哲学"的代表人物,主要作品有《局外人》《鼠疫》等。

我也很坦诚地告诉这位顾客，他绝不是第一位问我这个问题的人。

我自认为这是一个不错的回答，既不那么客气，也还算礼貌真诚。我认为这位顾客能够理解我想表达的意思，果然，他并不介意，还买了《人性的枷锁》，并和我针对这套书的封面装帧简短交换了意见。之后，他还提出要为书店做个"广告"，在得到我的一声"感谢"之后，他紧接着一顿操作：拍照、发社交动态……总之，这位顾客在书店大门外低着头站了好一会儿。

午后，这位顾客又来了，还带着女儿一起，和她一起挑书、买书、讨论书……这位顾客也是我印象中那种很少见的父亲。

上周末，曾经来书店寻找《朝闻道》[1]的那个初中男孩，今天又来到书店，待了几个小时，把他要找的这本书读完了一半。离开时，我递给他一个书签，他把书签夹在看了的与没看的内容之间，礼貌地与我道别，骑着那辆停放在书店门前的山地自行车离开了书店。

3月24日，星期三，晴

今天是"花朝节"——爱莉丝说百花仙子今天会齐聚在东湖牡丹园里过生日，怪不得今天那园子里的花儿们看上

---

[1] 作者为刘慈欣等，由万卷出版公司出版。

去都那么喜气洋洋、仪态万方。

毕加索说，我一辈子都在向孩子学习。这是今天我在一本书里读到的一句话，因为感同身受，所以印象深刻，所以记得。

除了向孩子学习，从光顾这家书店的大人们那里也可以学到很多东西，比如，今天有一位年轻的妈妈就直言不讳且礼貌地对我说，我们书店的儿童绘本太少了。

今天终于读完了一本书。

3月25日，星期四，晴

我发现"春天来了"的绝妙之处在于，人们可以毫无困难地早起，然后一上午可以做很多事情。尤其在天气特别好的时候，更会让人产生一种能赚到盆满钵满的错觉。

一大早，让自己沉浸在清晨和煦的阳光里，我不紧不慢地享用了一顿丰富的咖啡早餐，然后汇入了地铁的人流里，那么多年轻的身影，每个人都有自己的方向和目的地，我也是。

在路上，我发了一条社交动态，外加九张"新鲜出炉"的户外采风照片——那上面的每一朵花、每一棵青草、每一片绿叶都折射着太阳和春天的光芒。

如果爱是一道光……，我忽然想起了这句话。

只是，户外这般热烈的天气与书店里的清冷实在反差有点大。快递驿站的门口不知什么时候出现了一个卖牛肉干的临时摊位,我远远地观察了一下,人们买牛肉干的积极性比买书明显高出太多了。

3月26日,星期五,小雨

刚晴朗了两天,又开始下起雨来,还好气温撑住了,没有下降得太猛。三月天,娃娃的脸——说变就变,毫不留情面。

我喜欢下雨天,很适合读书,可以很理直气壮地读书;如果没有人走进书店,我也可以找个理由说是天气不好。

今天我开始找新书看,正犯愁看什么——带着这份纠结与悬念,我在各个书架上整理图书,也寻觅着我的下一个目标。

开书店应该是最适合女子的事业吧,我常常会这样想。有顾客时赚钱、没顾客时读书,总之都是赚到了。

3月27日,星期六,阴

此时,一位年轻读者正坐在大落地窗前安静地读着《哈利·波特与密室》,他是今天唯一的读者。于我,这预示着希望——他的到来犹如暗夜黎明前的一道微光,虽然微弱,但依然能为这间书店指明前行的方向。

我猜想,正能量之间是不是能够相互吸引?阅读《哈利·波特与密室》的读者依然沉浸在书中的魔幻世界里,此时又进来一位应该在上初中的男孩问我有没有《三体》,随后用他的电子手表支付了书款。

真的很高兴看到这么多孩子喜欢这套国产科幻系列图书,相比之下,卡德的"安德的游戏三部曲"[1]却至今无人问津。我认为这是一件好事,宇宙如此浩瀚广袤,为什么却只能由欧美人的大脑在其中肆意想象。

宇宙、科幻无国界,更无边界,那里是真正的自由之地,是"上帝"真正的应许之地。

3月28日,星期日,晴

午后暖阳高悬,那个"科幻少年"和他的同学又来书店了,一前一后。

"我又来了。""科幻少年"微笑着说道。

"我也又来了。""科幻少年"的同学——昨天买了《三体》套装的那个少年也微笑着"报备"道。

"人生最惬意的事,就是手拿一本书,坐在咖啡馆里。环境嘛……""科幻少年"环顾了一下书店四周,好像是第一次来一样,略有所思地缓缓说道:"就和这里差不多吧。"

这听上去让人受到一种很直接的鼓舞。只是这孩子一时间产生了这里是咖啡馆的错觉。

---

1 指奥森·斯科特·卡德的科幻系列作品《安德的游戏》《安德的影子》《死者代言人》。

"我一生都在向孩子学习。"我又想起了毕加索的话。

这一周和书店的相处,让我越发觉得书店真是一处十分奇妙的所在——它能唤醒一位迟暮的长者年轻时的记忆;它也会轻声提醒一个姑娘,在成长的路上,她丢弃了自己当初想成为一名时装设计师的初衷;它也能轻易地唤醒一个少年儿时的书店梦。

天黑了,刚又被一位顾客问起,"书店的利润如何?"

"利润?谈不上,谈不上,谈不上……"我已经忘了自己把这三个字重复多少遍了,反正很多遍。

收工,回家吃饭。

📚 书店日记

/四月/

4月1日，星期四，小雨

最近接连阴雨天，夜幕也比往常来得更早一些。下午刚刚到下班的点儿，天色就已经黑了。

"你们书店从这窗户外面看，还挺漂亮的……"一位老顾客，撑着雨伞，推门走进书店，冲我说道。

此时，书店里的灯光都已经被点亮了，满屋子挤满了暖暖的黄色灯光，映照着书店淡绿色墙壁上悬挂的色彩鲜亮的油画。站在落地窗外的夜幕中远远望向书店，尤其在这雨天清澈的夜色中，确实"还挺漂亮的"。

4月2日，星期五，小雨

"雨一直下……"，有多少天没写书店日记，就下了多少天雨。根据天气预报，这雨才刚刚开始，一直到4月10

日，想必天天都有雨。

我很想借用并篡改一下曹操的那句经典台词——今日错，明日错，何日不错？！

今日下，明日下，何日不下？！这天气，真叫人哭笑不得。

早上在手机的音乐库里搜索"雨中咖啡馆"，发现了一张"专辑"，并附有一小段关于这张"专辑"的文字介绍：

下雨的时候，就该乖乖窝在街角的咖啡馆，发发呆，看看书，听听歌，戴上耳机，这世界与我无关。

这种对于雨天的浪漫又慵懒的情怀是需要学习和培养的。我相信大多数人，绝大多数人类对于下雨天都不会抱有多少好感。下雨天会给人们带来心情阴郁的错觉，会给人们的出行带来不便；雨水会打湿人们的鞋子，会使得道路积水或拥堵……但我知道，这书店大门边花坛里的杜鹃花喜欢雨，这书店门前的小竹林、万年青喜欢雨，还有门前这一棵棵高大的梧桐树和银杏树也喜欢雨，我甚至能感觉它们会在下雨天里一起欢笑、歌唱，一起庆祝这雨落的节日。

4月5日，星期一，阴

清明节小长假还没结束。去书店的路上我必然会遇见的那一排晚樱树早已经凋谢好几天了，除了树下那一抹淡淡的掺和着雨水和泥巴的粉色，树上是不见樱花的影子了。

春色怡人，然春色难留，总不免让人伤春悲秋。于我，

书店日记

这凡人一个,也是有影响的,而且这影响直接、明显、深刻。

"人间无药治相思",这是昆剧《玉簪记》[1]里的唱词。前天看剧时,我记下了这句。

"花似人心向好处牵",这也是《玉簪记》里的唱词,意境实在动人。虽说如此,但"牵"而不得,就难免失意失落。在这个有花、有雨、有情牵、有相思的季节,人更容易感觉孤独,以及种种爱而不得、相处不能长久的痛楚。

看看书吧。何以解忧?唯有读书。也许,这是世界上唯一可解千愁百苦的良药。

于是,一下午,一杯茶,几个小时,换了几口气,我读完了剩下的《局外人》。这本小书开始部分"故意"展现出的"肤浅"和"无趣"与结尾流露出的"深刻"与"惊艳"形成了极为鲜明的比对。难道,这就是所谓的"荒诞哲学"?

读着读着,中途还卖出了两本书,都是生物方面的,其中一本叫《我的野生动物朋友》。

今天第一次听见有人用"豪华"这个词来形容这家书店——那是一个小朋友。只听她对妈妈说,"我觉得这家书店挺豪华的。"我发现,小孩子对自己喜欢的东西的夸赞从不隐晦和吝啬。

---

1 《玉簪记》是明代戏曲作家高濂的代表作,被誉为传统的十大喜剧之一。

4月6日，星期二，晴

上午，一位顾客抱着一个大大的牛皮纸文件袋走进了书店，点了一杯咖啡，待了一上午，处理文件袋里的文件。走时他对我说："嗯，这里感觉还不错。"

下午，书店里来了几个年轻人。

"有没有《幻夜》[1]？"其中一个女孩问道。

"有！"我回答，然后到书架前为她把书找出来，递给她。

"原来是有备而来啊！"和女孩同来的一个男生在一边调侃道。女孩结了账，抱着《幻夜》和她的朋友离开了书店。

我很欣赏这女孩子的"个性"——不论是作为一个女孩、一个读者还是一个顾客，也即便这种"个性"只是通过一本书折射出来，并没有那么准确。在这家书店，我见到的这般目标明确、"有备而来"、直截了当的读者毕竟太少。无疑，对于任何一家书店而言，这样的读者、这样的顾客都是最理想、最让人欣赏的那一类。她们的出现犹如那一道道希望的微光，在铺天漫卷的电子垃圾汇聚的黑洞里挣扎反抗。

上午收了二十几本旧书——童书、小说、心理学读物，也有经济学读物……又累积了一点点英国书商的感觉。

---

1 作者为东野圭吾，由南海出版公司出版。

书店日记

4月8日，星期四，阴晴交替

刚才一名初中生来书店买走了《三体》的第一册。本来她想买全套，可是带的零钱不够，孩子说她明天会再来买另外两本，还问我书店明天开不开门。

"开门呀。"我回答道。

"昨天我来了的，但没开门。"孩子补充道。

原来，真有人等着我们书店开门买书啊。我这么想着，心里涌上一股安慰的暖流。

这世界真是颠倒了——孩子的零花钱太少，而大人的"零花钱"又太多。

4月9日，星期五，晴

一想起今天那本《中华人民共和国民法典》，我就来气，这让我不由得想起了加缪的《局外人》和他的"荒诞哲学"——生活是荒诞的，甚至有些揶揄的味道。

中午，一个中年男人走进书店，在店里稍许转悠了一会儿，随后掏出一张一百元大钞和六块钱零钱，毫不犹豫地买了一本六十四开本的《中华人民共和国民法典》。随后，我拿出九十元纸币找零，很快他就消失在店外，无影无踪。

当我再拿起这张"一百元"时,感觉和直觉都在告诉我——上当了!这是假币!

真是讽刺又荒诞!

4月10日,星期六,阴

某一时刻,我忽然灵感乍现——今天在书店里新设了一本读者留言簿。刚刚买了两本书的一位长发黑衣的女孩在留言簿上留下了一句英文、她的电话号码,还有一朵手绘的小红花。

这女孩走了之后,又进来了一对母女。

"这书店开张,没见你们举行什么活动呢……"这位妈妈说道。

"确实。"我简单地肯定了她的说法。

"就这么静悄悄地开放了……"这位妈妈又补充了一句。

说完,她自己笑了起来,我也不由得笑了——显然她意识到自己把这家书店描述成了一朵花。

"就这么静悄悄地开放了……"多么可爱的一句话,多么可爱的一朵"书店花"。

"在这儿开家书店,还挺公益的。"这是今天第二句触动到我的话,也是一位年轻的妈妈在这书店里留下的。就在刚才,她为儿子买了一本阿西莫夫的《银河帝国:基地》。

今天还卖出了其他几本书:《红星照耀中国》《超越自

卑》《乌合之众：大众心理研究》《张晓风散文精选》《中华人民共和国民法典》。

4月11日，星期日，小雨

夜里做梦，我梦见书店忽然变得很大。其实也不是"变"出来的，在梦里，它本来就是一间很大的书店——宽敞、开阔、通透、明亮。店里人来人往，熙熙攘攘，人们在摆满了书本的等身高的各个中岛书架之间缓缓地移动，安静地热闹着。还有说着流利汉语的外国人也在书店里看书、选书、买书，甚至还会和我砍价。

"咖啡很好喝！"一位读者见我在画画，他先好奇地瞅了瞅我的画，然后又瞧了瞧沙发上摆放着的原作——雷诺阿[1]的《窗前看书的少女》，没有说什么。然后，他挑选了一本梵高的画册坐在落地窗边安静地读了起来。

多巧啊，这不正是一幅"窗前看书的男子"吗，我看了看自己的画，又看了看窗边的那位读者，心里想着。

"梧原"同学今天又来书店看书了——才短短几个小时就看完了厚厚的一本书。

---

1 全名为皮埃尔-奥古斯特·雷诺阿(Pierre-Auguste Renoir, 1841-1919)，法国印象派著名画家，其画面色彩丰富华美，一生喜欢画阳光、大自然、女人、鲜花和儿童。

4月12日，星期一，阴转晴

这困意和真爱一样，总是来得迟缓而猝不及防。中午一觉睡到两点多，下午三点才开店，那我是不是得待到十一点才能收工呢?！这是一个值得尝试的问题。毕竟，我至今还没见过晚上九点以后的书店会是一个什么样的情景，说不定会更有趣，我只有待到那个点儿才知道。

我不止一次地想过"24小时书店"的问题，更确切地说，这个问题常常会忽然出现在我的脑子里，尤其是我和朋友在水果湖那家街边24小时营业的牛肉粉小店吃大碗牛肉粉的时候，这想法来得尤其自然而然且强烈。

刚才又有人买走了一本《中华人民共和国民法典》，刚刚又被人问到"怎么赚钱?"这个古老的问题。

今天是一个值得纪念的好日子——武汉"解封"一周年了（具体来说是一年零四天）。

今天，对这家书店来说，也是一个值得纪念的好日子。一大早醒来，我就收到了一条提醒我查看电子邮箱的短信，接着忐忑地打开邮件。往年这个时候播下的一颗种子，破土而出，发芽了！

历经整整一年，我不确定自己是否愿意去回想这一年所发生的事、做过的事、完成的那些事——也许有意义，也许没有意义——这似乎并不重要了。重要的是，我一步一步地走到了今天、现在、此时此刻、当下，站在"魔法师"变幻的这间书店里,站在很久很久以前的那个"梦想"里。

4月17日,星期六,晴

中午我在路边的梧桐树下"捡回来"一盆凤尾竹,足足有两米多高,长势喜人,不明白它之前的主人为什么要把它扔在马路边。现在把它摆放在书店大门口还挺合适的,好看自不用说了。这世界就是这样,有的人喜欢领养被丢弃的小猫小狗,而有的人喜欢领养被丢弃的植物。

今天,书店来了一对姐弟。我应该是第一次在书店见到这对姐弟。姐姐应该是读中学的年纪,但个子已经很高了(比我还高出许多),性格安静沉稳,颇有古时大家闺秀的仪表风度——丝毫见不到许多顾客身上那种多言多语、妄自评论的习气,她只是会偶尔轻声细语地叮嘱弟弟,而弟弟也很听姐姐的话。这姐弟二人的互动在我看来流露出来的是良好的家境与成功的教养。故而想,身为女子者,当对自己的择偶、婚姻、育儿等等大事持重谨慎,再谨慎,再三谨慎;身为男子者,一样。

我们可能会选择财富贫瘠者为夫为妻,却无法选择精神贫瘠者为父为母。

4月18日，星期日，晴转多云

"这个地方超级棒！真的！店长姐姐也很温柔，以后一定会常来的。大概周末吧。"

一大早我做完书店里的清洁，忽然想起来翻一翻书店的读者留言簿。在新的一页纸上我发现了这段留言——大概就是昨天来书店的那个带着弟弟的姐姐悄悄留下的吧。多么暖心的孩子啊！

4月19日，星期一，小雨

今天我发明了一种新的休息法——半休息日。简单说，就是一半休息一半劳动的"休息日"——依然以休息的精神为主。对像我这种沉迷于书店，一时难以完全自拔出来休整的人来说，这很合适。

我在店里店外只做一些"间接"工作，例如，为计划中的书店活动准备一些椅子，去花市为捡来的那盆凤尾竹挑选一个合适的陶瓷花盆，或者去政务中心办点事……这类"间接工作"还有不少——做起来劳而不累，兴而有趣，真正适合这样的"半休息日"去做。

明天就是二十四节气里的谷雨——上天也果然降下了甘霖。夜幕后，随我同车回到书店的龟背竹和丁香花有福了。我把这新买的两盆绿植一左一右地摆在了书店大门口，没过一会儿，天上又下起了小雨。不大不小的雨滴，刚好让这两位绿植"上仙"品尝这甘甜的"谷雨"。不然，它们就只能待在那花市的温棚里，尽管岁月无忧，但也不知今夕何夕，是何节气——生活岂不是遗憾又无趣。

今天还是卖出了两本书——《千年一叹》《在生命的最深处善待自己》。

4月20日，星期二，小雨转中雨

今天是谷雨节气，卖出了四本书——在一个美丽的新世界里，一只沉默的羔羊对一只青蛙说："请以你的名字呼唤我"，然后吃掉了那只青蛙。

在这个小故事里，藏着这四本书的名字。

4月21日，星期三，小雨

今天早上，那位带有四川口音的大爷又来书店了，这也是他第三次来书店。每一次来，他都是问我同样的问题——"有没有习近平论家风？"

这一次，大爷一进书店我就认出了他，还没等他开口问，我就把他想要的"习近平论家风"递给了他。大爷拿到书，很开心，说道："我先去买菜，先放一下，等会儿再来……别卖给别人了啊！"

"您放心吧，不会的，还有……"这次，终于没有让大爷失望而返，这也让我很开心。

读者是书店的上帝，更是这家书店的老师或指引者——他们总是或直接，或者间接地告诉你，什么书是书店没有的或者应该有的，我一直对这样的书店顾客心存感激。这次竟然让这位大爷三次登门询问同一本书，我感到毫无理由的惭愧。

其实，"习近平论家风"这本书是没有的，至少目前是没有以此为书名的书。事实上，这位大爷想找的书名叫《习近平关于注重家庭家教家风建设论述摘编》[1]——今年3月第一版、第一次印刷的新书，现在才刚进入4月下旬，算是很新的书了。

今天卖出的另一本书，则是被一位年长的阿姨买走了，她先于那位大爷来到书店。

"我上次看到过一本书……"阿姨对我说道，然后径直走到中国文学类书架面前，一层一层地开始浏览。

"书名您记得吗？或是作者的名字？"我问道。也许我能帮她找找看，我想。

"一下子想不起来了，但是我看到过……"阿姨俯下身继续找寻那本书。

"是鲁迅的书吗？"我问道。自己也不知道为什么会先提起鲁迅。

---

[1] 由中共中央党史和文献研究院编，中央文献出版社出版。

"鲁迅就知道骂人,对他的书不感兴趣……"感觉氛围瞬间有点尴尬了。

"找到了!"还没等我考虑好要不要说出下一个可能的作家的名字时,阿姨已经找到了她想找的书——原来是《山海经》。刚才那尴尬的氛围瞬间得到了释放。

4月28日,星期三,晴

我从今天开始看一本国学经典,看了一下午,实在坐不住的时候,就不看了。我刚站起来没一会儿,顾客也陆续进店来了——倒像是知道我现在正闲着似的。我特意瞅了一眼电脑屏幕上的时间——晚上八点差一点。看来,我的工作时间现在才开始。

一位年轻妈妈挑选了三本书——《菊与刀》《滚雪球:巴菲特和他的财富人生·上》《沉默的羔羊》——来柜台结账时,她很小声地问我:"有折扣吗?"

"有。"我小声回答。

"太好了!"

然后,她又更小声地问我:"这里有洗手间吗?"

"有的。"我也同样很小声地回答。

"这么好!"她开心地说道。

是啊,一个有洗手间的书店,竟然是"这么好"的一个所在。

/五月/

5月11日,星期二,阴转多云

"真少见,真少见,真少见……我在这里住了十几年,还是第一次看见有书店。"一个女人一走进这书店就自顾自地说上了,一边说一边环顾书店四周。她说的是大实话。

"真好,真好,真好——"她这样重复着、重复着,又左看看、右看看,缓缓地退出了书店。

5月16日,星期日,阴

一夜入"秋",天凉如水!总算是没有再下雨了。早上出门时,气温明显比前几天清凉了许多,街上的行人很多都换上了长袖外套,好像一夜之间我们都在梦里穿越到了今年的秋天。

书店日记

"我们去买张彩票吧,说不定能中……"当我正把打蔫的粉色玫瑰花瓣抛撒到杜鹃花花坛里时,只听见一位年轻的妈妈对跟在她身后的女儿说道。

"好哇!"小姑娘欢快地回答。

话音还没落,这母女俩就直奔彩票站而去。

下午,一位阿姨第一次走进我们书店,店里正好没有其他人,我们聊了起来——主要对当下社会的物欲横流、精神空虚进行了探讨和"控诉"。阿姨说,当年孔子就是因为看不惯当时社会的种种流弊才决定周游列国,走到哪里就把知识传授到哪里。她也不明白为什么现在的学校教育要把鲁迅、林则徐,把高尔基的《童年》《我的大学》等从孩子们的课本上剔除掉。阿姨说,她曾是一名教师,也是中国传统文化的爱好者,她无法理解这样的做法。

"所以,当我看到这里还有这样一片净土,我真的很高兴。"离开书店之前,阿姨万分感慨地对我说道。

过了几分钟,阿姨又折回来,说:"我不能白来一趟。"然后她挑选了几本小人书——《林则徐》《钢铁是怎样炼成的》《将相和》《屈原》……她说这是她送给家里小朋友的"六一"儿童节礼物,孩子们应该会喜欢。装着这些礼物的大红色手提袋上印有几个金色的字样——Beautiful gift[1]。

---

1 英文,意思是"美好的礼物"。

5月18日,星期二,晴

晚上八点,从书店出来,我正准备锁门,一位年轻的父亲拉着女儿急匆匆地进了彩票站,没过一分钟又急匆匆地拉着女儿从彩票站出来。在黑暗中,只听到这位父亲一边走一边向女儿耐心地解释为什么他们今天没买到彩票。

虽然我很不情愿地承认买彩票的人比买书的人多,然而,对于一些愚蠢的家长带着未成年的孩子一起买彩票这件事,我永远无法理解和释怀。

晚间,有一女子走进书店,四处转了好一会儿,最后买了一本《墨菲定律》和一本《中华人民共和国民法典》。

不久,又来了两个女人,一前一后走进书店,转身又一前一后走出了书店——说实话,对这种"读者行为",我始终感觉迷惑且无法参透。

5月19日,星期三,小雨

今日售书——《山海经》《中华人民共和国民法典》《黎明之街》《新参者》《洛克菲勒自传:不认输,就不会输》。

昨天傍晚买走《墨菲定律》的那个女子今天下午又来了,说她想更换一本书,我问她为什么想换。《墨菲定律》

也算是心理学方面的一本"畅销书"吧。女子告诉我说,她的一个朋友告诉她,这本书用一句话就能概括。

我没有再接着问她那句话是什么,破例为她更换了一本价位相当的书,并"送"了一个棒棒糖以"弥补差价"。

由此事件,衍生出另一条书店新规——自选图书一经售出,不论拆封与否,概不以此为由退换。

再说了,世界上有哪本书不能用一两句话概括呢?一个人若足够自负且傲慢,任何书在他眼里都不会超过一两句话。

天黑后,一位妈妈带着一双儿女走进了书店。母子三人在书店里玩了一会儿,又在各个书架前转了转,然后就听见这个妈妈说:"我饿了,回去吃饭吧……"

小男孩经过收银台时转过小脑袋对我说道:"妈妈的肚子饿了……"

紧跟在后面的小女孩也无奈地对我说,她本来还想再待一会儿,可是妈妈饿了。

"没事儿,等下次妈妈不饿的时候再来吧。"我微笑着安慰这姐弟俩(小女孩似乎年长一些),并为孩子们推开书店沉重的玻璃门。

5月22日,星期六,小雨

上午,一个年轻人走进书店,询问我有没有关于毛泽东的书。我迅速在脑海里"扫描"了一下,依稀记得这书店里有一本《红墙深处》，于是在书架上找出这本书，递给他。年轻人买下了这本《红墙深处》，尽管是旧书，但他并不在意。

今天是一个令举国上下悲痛与震动的日子——这个国家在同一天痛失两位国士。中国科学院院士、国家最高科学技术奖获得者吴孟超院士和中国工程院院士、"杂交水稻之父"、"共和国勋章"获得者袁隆平院士于今天下午先后在上海和长沙去世！

5月24日，星期一，晴

快打烊的时候，一位大叔进到书店来，先是问我有没有关于长征的书，我为他推荐了《红星照耀中国》，还有新到店的《中国人民解放军简史》，大叔似乎对后者更感兴趣。

在各个书架前浏览了一会儿，大叔接着又问，有没有毛主席诗词之类的书——其实那本鲜红色的《毛泽东诗词鉴赏》就在他眼前，只是他没注意到吧。我找出这本书，递到他手上，然后又从更"隐蔽"的地方取下《周恩来传》和《罗荣桓传》供他选择参考。

最后，他选择了那套《中国人民解放军简史》。

大叔离开书店不久，进来了一位身穿蓝色警官制服的警察，他可是书店迎来的首位人民警察。只是这位警官今天不是来买书的，而是为了对各个商家进行反诈骗提示和宣传。这位警官很随和，谈话间，我从警官那里得知，容易上

书店日记

当受骗的群体竟然是22岁到39岁之间的年轻人,我相信这是人民警察通过数据统计和现实案例得出来的结论,是可信的。只是这个数据让我感觉有些意外,但警官解释说,这并不奇怪。

"因为这个年龄段的人大都有一夜暴富的理想,他们不像您这样想着慢慢致富。"警官说道。

关于这"一夜暴富的理想",我当然也是信的。不仅信,而且经常见到。

5月29日,星期六,晴

激动人心的一天!

早上,一个年轻妈妈带着女儿走进来,她说想把家里的书捐给书店。没过一会儿,这位女士拖着一个行李箱又来了。

"说捐就捐!"她笑着说道,并打开箱子拿出了许多儿童绘本。

"孩子们有福了!"我惊喜不已,并被她的善心感动。言语间得知,原来她是华中科技大学的老师。感动之余我发现,原来这世间有一种美好叫拖着箱子去捐书!

虽然也曾有顾客表示过想捐书给书店,但可惜只是捐在了口头上。"说捐就捐"的,这位老师是第一人。

"我还以为你要带我去书店。"一个小男孩跟在一个步履匆匆的大人后面,从书店门口迅速地跑过去了。午后,我坐在落地窗边的沙发上翻书,就听见门外一个稚嫩的声音渐行渐远,等我顺着声音瞧过去,只看见了一个小男孩一闪而去的背影。

第一次有读者为我们书店捐书,我激动的心情久久没能平复。下午,我就这位华科老师捐书的善行发布了一条社交动态,也想借此启发圈中相识们的善心善行,希望大家也能"拖着箱子去捐书"。因为这些捐的书也将用于公益捐赠用途,积累到一定数量之后,将被集中打包装箱运往需要帮扶的山区或农村,为那里的孩子们建立图书馆。

城市里的孩子大多"三过书店而不(能)入",成年人更是对书店的存在视若无睹;而穷困偏远地区的孩子们可能十里八乡都难得找到几本书可读——这不公平,更不平衡。我想,书香5号书店存在的意义应该是让书更深入偏远地区和高原地区。

今天被读者买走的书:《中国共产党简史》《小王子》《中华人民共和国民法典》《菊与刀》《乌合之众:大众心理研究》《丈量世界》《花的圆舞曲》。

5月30日,星期日,晴

昨晚失眠,今天早上我起得很早,到书店里也很早。主要是这夏季的天亮得太早,一直赖在床上不起,总觉得有点不好意思——辜负了这明媚的夏日时光。

为自己磨了一杯咖啡,瞬间感觉精神饱满而充足。从

📚 书店日记

八点半开始上上下下地忙碌，正当我站在梯子的最上层摆弄油画的时候，有位男士走进书店，为家里的孩子挑选"六一"儿童节的礼物。他在店里转悠了好一会，将我的推荐一一礼貌地否决了，准备离开之前，他忽然发现了店里的小人书，最后他挑选了其中两本离开了书店。

十一点刚过，上午的忙碌工作算是告一段落，我坐在落地窗边的沙发上正津津有味地看着童书《借口女巫店》，就听见耳边响起了说话的声音。

"爸爸，你要给我买书吗？"一个小女孩跟在爸爸后面走进了书店。

"我不给你买书。"爸爸回答道。

……

夜幕降临后，书店里陆续进来好些人，很快店里就坐满了读者。每张桌子前都有大人和小孩拿着书在看，都很安静，只有古风音乐在轻轻吟唱。

不久，又来了一家三口——他们没有坐下看书，而是挑选了四本书带走了。从书名来判断这四本书的归属——父母每人一本，女儿两本。

我时常会想，书店真是一个绝妙的矛盾体——每一天上半场给人带来的绝望与每一天下半场给人带来的希望同样强烈。但不论如何，我热爱这个地方。我希望，会有越来越多的人热爱这个地方。

总体来说，今天图书的销量还不错：《社会契约论》《共产党宣言》《学记》《〈上古天真论〉心悟》《人生由我》《疯狂的投资：跨越大西洋电缆的商业传奇》《哈利·波特与被诅咒的孩子》《云边有个小卖部》《孟子》《礼记·孝经》《儒林外史》《老人与海》。

5月31日,星期一,晴

今天书店里没有十分特别的故事发生,我过得忙碌而平淡,卖出了三本书[1],奖励了自己一杯亲手做的冰美式咖啡——味道好极了,冰爽清凉,像极了夏天该有的样子。

下午,那个小男孩又来了,人还没出现在我的视线里,就先听见了他的声音:"我又来了!"小男孩冲我微笑着说道。只见他又是满头大汗,肩上挂着他长长的塑料冲锋枪。

和奶奶一起离开时,小男孩走到收银台前,停了下来,对着站在台后的我,举起了他小小的大拇指,甜甜地笑着,说道:"点个赞。"

"谢谢你!有空再来看书噢!"我也笑着对他说。

"我明天就来,明天放假……"

——又到"六一"儿童节了!

---

1 包括《决战朝鲜(上)》《决战朝鲜(下)》《昆虫记》《哈利·波特与被诅咒的孩子》。

/六月/

6月5日,星期六,晴

今天是二十四节气的芒种,正好也是小达尔文的生日。作为生日礼物,我赠送了他一份在书店里自由挑选图书的权利。然而小朋友知书达理,并不贪心,选来选去,斟酌再三,最后只挑选了两本小人书回家。

与往日不同,今天书店来了一位年轻的爸爸。他用一只手臂把他年幼的儿子揽在怀里,用另一只手翻阅着《活了一百万次的猫》——一页一页、一句一句地以缓慢而柔和的语调为孩子朗读。这是书店里出现的第一位给孩子朗读绘本的父亲。

今天卖出两本书:《庄子》与《爱的教育》。

6月6日,星期日,晴

上午,店内冷清,正好可以安静地坐在窗边读帖——《智永真草千字文》。正读着,一个小男孩悄悄地走进了书店里。我问他大人在哪里,小男孩说爸爸在吃早餐,让他自己先过来这里看书——看来,这位家长对我们书店还挺放心,像是找到了一个寄存小孩的妙处。

夜幕降临,又有一个小女孩独自出现在书店里,她在书架上选了一本科普绘本,然后安静地坐在落地窗边的沙发上看起书来,我走过去问她:"你家大人呢,怎么你一个人过来了?"

"我爸爸在取快递,他让我过来看书。"好吧,又是一个心大的父亲。不过,对于这些心大的家长对这家书店的无限信任,我还是感到特别宽心。

天黑了,书店里来了非常有趣的一家三口,其中也有一位心大的父亲。言语之间,这一家人很好奇,这家开了有几个月的书店,他们竟然现在才发现。然后那位父亲就问我:"你们这书店能赚钱吗?别开几天就关门了!"

说来奇怪,如此犯商家忌讳的话,从这位心大且嘴大的父亲那里说出来,我竟然并不感觉介意。因为我知道,这位父亲一定是位文化人,他对于妻儿买书、看书这种事是慷慨大方而且积极促进的,他说这话,想必也是出于现实情况下的担忧。

何况这种担忧我自己也不是没有。书店能开几天,具体我也说不上来,我只是先设定了一个一百年的小目标罢了。

今日售书——《苏格拉底的申辩》《数独》《文化苦旅》和两本小人书。

6月13日,星期日,晴

今天同样是令人沮丧的一天。虽然我并不倾向于用这么消极的词汇,但这确实是我此刻的心情——沮丧。

也许,我依然没有摆脱以收入多少来定义心情指数的俗气和狭小的格局。肠胃隐隐感到不适,这也让我担心长期坚持这种不定时的三餐饮食,会不会真的落下什么毛病。如果那样,就真的太糟糕了,那将是实实在在的得不偿失。

其实今天也并非全无收获。上午,有个小男孩独自出现在书店里,很大方地在绘本书架上挑选绘本,然后拿了本书找了个位置坐下来安静地开始看书。看他大大方方的样子,之前肯定是来过书店的,而我也觉得这小朋友很眼熟。他看书的速度相当快,大约几分钟就换一本书。每次也只拿出一本,再放回一本,然后再换一本……很讲规矩的小朋友。

不久,小朋友的爸爸来了,把小男孩叫了出去。过了一会儿,小男孩抱着一堆书进来了,我问跟在孩子后面的爸爸,是想捐书还是卖书,孩子的爸爸果断回答道:"卖书。"

经过一番计算和清点,最终,一摞五颜六色的可爱绘本就留在了这间书店里。这件事,让我振奋了一上午,到了下午,怎么就变得如此"沮丧"了?!难道,这不比收入些许金钱更有价值?!难道,除了赚钱,这不是书店存在的意义?!这是值得我深思的问题!

下午,"桐原"同学"放学"(真的不理解,明明是在端午节假期,何来的上学和补课)经过书店门口时,进书店来和我打了个招呼:"今天没时间看书了,要赶回老家去过节呢。"离开时,他笑着对我说:"我把昨天在这里买的书看完了……"

难道,这不是一件值得书店人开心和振奋的事?!

在"桐原"同学之前,店里还来过另一个学生,他应该是第一次来这个书店,但我也不太确定,他看上去也有点面熟。然而面熟、面生并非重点,重点是他在这书店里留下的一段话:

"我听说,开书店的老板一般都是爱读书的人,而且他们的目的并不是为了赚钱……"

今日售书——《中华人民共和国民法典》《弃猫:当我谈起父亲时》《你是那人间的四月天》。

/七月/

7月3日,星期六,晴转小雨

  天黑了,离收工还有半个小时,我正在纠结要不要早退。早退吧,感觉不大好,坚持吧,真的难熬。就这样,我在店里各处晃来晃去,正犹豫着,然后去了一趟办公室,出来时,依稀听见外面有人在说话:"有人吗?"

  原来是郑老师,她又提着一袋书过来捐书了。从6月开始,这已经是她第三次慷慨捐书了——除了借一本卡尔维诺的旧书回去看,她不接受书店任何表示感谢的小礼物。

  "赠人玫瑰,手有余香";赠人图书,手上同样留有余香。我一直以为,书本算是这世界上最神奇的一个"物种"——它是看似无生,实则有灵的物种;它是己所不欲,可施于人的东西;它也是能让人的投入和产出形成正比的东西。

  上午,书店里还算是热闹。下午,书店又变得清凉如水，我独自泡在这份清凉里，时而感觉受用，时而也感觉寂寥清冷。这正是"刷"电视剧的好时候。

说实话，书店这个奇异世界，时常会让人生发出或多或少的无奈与彷徨，这几乎与它偶尔带给人的希望和鼓舞不成比例。

"坚持！只有坚持，才能取得最后的胜利！"一边"刷剧"，一边干活时，我听见剧中的领袖以无比坚定的语气鼓励着他的同志们——但我怎么觉得，这句话似乎是说给我听的一样。

坚持！坚持半个小时直到下班时间！

今天又收购了二十八本书，只卖出了一本书——《影响力：中国领袖风云录》[1]。

7月4日，星期天，雨

早上开店不久，进来一位中年男士，问我有没有医学方面的书。我告诉他说，店里有中医针灸方面的书，并准备为他找出一些供他参考。来者说那不是他想找的书。

"您想找哪方面的医书呢？"我问道。

"我想找治疗帕金森的书。"

"治疗帕金森，中医针灸的效果应该不错……"因为书店里还没有这方面的书可以帮助这位先生，我感到有点

---

1 该书由《环球人物》杂志社编，由中国出版集团、现代出版社出版。

抱歉。

雨停了,空气里织进了雨水——感觉沉甸甸的、闷闷的;天色渐渐变得明亮起来,近处和远处的蝉此起彼伏地鸣叫着,很使劲、很卖力。只有在蝉鸣停歇的短暂间隙,我才能听见小鸟们纤细清澈地歌唱。

这本就是一个热闹的时节——雨声、蝉鸣声、鸟叫声、广场舞的音乐声……时常交织汇聚在一起,共同奏响这夏日的交响曲。

刚过午时不久,一位年轻人走进书店——这位曾经来过,我一下子就认出来了。他问我有没有《中国共产党章程》,我说有。

"还有《共产党宣言》[1]。"我接着告诉他。

"在哪里?"年轻人问道。

我又为他找出书店最后一本库存的《〈共产党宣言〉陈望道译本考》。

最后,年轻人挑选了两本书来柜台结账,其中就有那本《〈共产党宣言〉陈望道译本考》。

"您是党员吧?"

"是的。"年轻人回答道。

"我这是第三次来这里了吧。"转身离开书店之前,年轻人忽然说道。

---

[1] 即《〈共产党宣言〉陈望道译本考》,由杨金海、李惠斌、艾四林主编,由辽宁人民出版社出版。

"是的,我记得……"光顾这家书店的读者,总有一些会让人印象深刻。

今天卖出的书还有《森林报》《中国共产党简史》《行者无疆》。

7月6日,星期二,阴

等了几个月,这书店终于等来了一套《四库全书》。

下午,一位老先生拎着一个袋子来到书店,把他家的一套《四库全书》卖给了书店。尽管只是一套精华版的四册套装,但我已经很满足了,总是比没有好吧。还是得感谢这位老先生圆了这间书店有一套《四库全书》的小愿望。

7月7日,星期三,晴

今天是小暑节气,已经是晚上七点半了,书店外的知了们依然拼命地喊叫着。刚写到这里,又有一拨不知趴在哪个角落的知了叫得更大声、更卖力了。

也许是被它们吵昏了头,到下班时,只记得有人买走了一本"哈利·波特"。

📚 书店日记

7月9日，星期五，晴

今天天气不错，但有点热。书店有点忙。没空记日记，我只是记录了今天卖出的几本书——《小王子》《乌合之众：大众心理研究》《我们仨》《无人生还》《赵孟頫小楷道德经》。

再仔细看一眼这几本书的书名，倒是觉得很有意思：

小王子认为星球上除了他的玫瑰花和他的小狐狸，其他的都是乌合之众；由于严重缺乏道德和人性，那三个人（还有几个）乘船踏上那座神秘的孤岛，并逐一丧命，最后无人生还。

7月10日，星期六，晴

今天卖出的书大多是科幻小说，还有一本《挪威的森林》。

午休过后，我站在柜台后正练习八段锦，拉伸活络一下筋骨。一位读者走了进来，买了一本字帖，点了一杯咖啡，选了一个画墙对面的位置坐了下来。

他端着杯子，一边喝咖啡一边侧着头，问了我一个问题，他说："现在照相技术这么发达，为什么还要画画？"

在这书店，总有一些人会提一些很有意思的问题，或留下一些很有意思的话。

"照相是照相,画画是画画。"我微笑着回答道。

7月11日,星期天,晴

今天入伏——即将进入一年中最热的四十天。

这热度果然非比寻常,一天下来,一个读者的影子都没见到。终于熬到下午四点多,我实在是待不住了,心里只想着明天一大早的旅行,也想着今天要早点回家和家人一起吃晚饭。总之,想出了好几个早退的充分理由。

决心已下,我在大门上匆匆地贴了一张新打印的通知,锁上门,就近找了一辆自行车,骑上它开开心心地向地铁站奔驰而去。

这间书店绝非一个华丽的金丝鸟笼,但每当我飞出去的时候,也确实感觉更加轻松而自由。到了第二天早上,我又会飞回这里——迎接新一天的各种奇遇。

7月12日,星期一,晴

一大清早,天还没亮我就起床了,不到六点,赶上了最早的一班地铁。提前来到火车站,和老姐 起踏上了去往"魔都"的高铁。三个半小时后,我们准点到达"魔都"火车站。又过了三个小时,我和老姐已经流连漫步于浦东美术馆。

我们总在思考和摸索怎么画、画什么,和为什么画。可是面对今天为什么还要画画,经常没有一个像样的理性回答:其实就是,"爱画画"。

蔡国强[1]的这段文字出现在艺术家这次的画展《远行与归来》[2]的一个大型展厅里。小小的黑体字印在一面高大的白色幕墙上方,文字下方是蔡国强的一幅大型画作。相比这幅画作,这段文字实在算不上吸睛,不知有多少人会留意?

对我来说,这段文字就是今天最大的收获和心得。

用于回答前天书店里那位顾客的那个问题,也是再合适不过的答案。

半个月的时间,我已经完成了两次说走就走的旅行,一次去了山上;今天来了上海。

"所有的说走就走,都是蓄谋已久。"不知这句话是谁说的,只觉得说得很巧且妙。那个"蓄谋",就是老姐对艺术的执着、偏执与追求,也是我书店日常之外的灵感、诗和远方。千里迢迢,被老姐拉来"魔都",其实就为了一幅画。

---

[1] 中国艺术家、烟花大师。
[2] 上海浦东美术馆开馆举办的首展,涵盖了蔡国强近年来受邀到多国美术馆交流创作的"一个人的西方美术史之旅"系列等作品,展品多为火药画作,也有部分雕塑作品。

7月13日,星期二,晴

上海之行继续。今天的目标是外滩一号美术馆——莫奈&印象派大师展。

"魔都"的热度与家乡毫无二致,于我俩这短暂的异乡人而言,倒是颇有几分依然身在家乡的亲切感。

在美术馆待了一上午,中午出来,我俩又到美术馆对面的Bund House咖啡馆待了一会儿,以稍稍平复观展后的心情。

"信息量太大,被震撼到了,从没想过有一天能距离印象派大师们的巨作如此亲近!也感叹'魔都'的小朋友们有这般近水楼台的优势,也有这份亲近大师之作的好奇心和上进心,看着这些娃娃紧紧围绕在老师们身边认真倾听讲解的模样,真是乖巧又可爱。想来,这些娃娃里将来也会成长起来几位艺术大师吧。"——下午,坐在回家的高铁上,我对今天的印象派朝圣之旅做了一个简短的总结。

对这个世界的凝视深思,就像得到解放一样吸引着我们,而且我不久就注意到,许多我所尊敬和钦佩的人,在专心从事这项事业中,得到了内心的自由和安宁。

Bund House咖啡馆临街的落地玻璃窗上有这样一段话,我拍了下来,因为喜欢。

书店日记

7月15日，星期四，晴

天热，不想写得太多，我只记得卖了几本书——《迷人的数学：315个烧脑游戏玩通数学史》《邓石如书法经典鉴赏》《洛克菲勒自传：不认输，就不会输》《卡夫卡变虫记》《宗教的本质》。

今天得空开始翻阅《中国共产党简史》。

7月17日，星期六，阵雨

追了几天，今天我终于在书店追完了《伟大的转折》这部口碑好剧，拍得太好了，其精彩程度绝不亚于《觉醒年代》。把这部剧集当作《觉醒年代》的续集来看，倒是非常过瘾。

夜幕初降，书店来了一对母子。

"我们就住对面，你们开了这么长时间，我们今天才有空过来看一下，因为正好把车停在你们门口……"这位妈妈很热情地笑着对我说，言辞中似有歉意，其实大可不必。我理解，书这种特殊物品对于有些人，即便他住在书店隔壁，一辈子不走进去也是大有可能的。

"是嘛，欢迎欢迎啊！"我也很热情地说道，我确实真心实意地欢迎每一位书店顾客——只要他不属于那种多言多语又自以为是的类型。

天色又暗沉了一点的时候，又来了一位顾客，一进来他就问我，这是不是公益性的。我不确定他说的"公益性"是什么意思，我揣测，他的意思是问这家书店是不是政府机构开的——这位算是自开店以来第一个问我这个问题的人，算是蛮有新意的问题吧。而他迅速得出这个"公益性"结论的依据是看到书店的书架子上摆放了好多红书。

说实话，我多么希望，自己是被政府派来开的这家"公益性"书店啊！

然而现实是，这仅仅是几个爱书人的"二万五千里长征"——路虽艰难，但路在脚下，而我们已在这路上。

7月18日，星期日，晴

今天，书店的第一枚篆刻章诞生了，原来在石头上刻字是一门体力活。

一清早，刚开店不久，郑老师又提着一袋书过来捐给书店，数目不多，但我一如既往地对此充满感激。

下午，我正在书店沙发上休息，喜欢看书的那位外卖小哥静悄悄地走进了书店。他故意干咳了一声，叫醒了我。他说，在这里买的书看完了，今天是特意来光顾书店的。他挑选了两本书，自己拆封了其中一本，安安静静地看了一会儿书，这次离开时，他带走了手上没有拆封的那一本。我猜想，他今天就是冲着这本书来的。

📚 书店日记

第一次来书店时,他发现了这本书;第二次来书店时,他带走的是另一本书;这一次,他终于带走了它。

7月21日,星期三,晴

一上午,书店倒是来了几拨人,但是因为在给小达尔文上德语课,所以没顾得上接待。书店生意很多时候就是这样调皮,随着时间的推移,我大概也摸清了它的脾性,有点无奈,但并不那么介意了。

中午,我正在各书架前上上下下忙活整理图书时,一位一身黑衣戴着口罩的女孩和一位一身黑衣没戴口罩的男孩走进了书店。女孩对我说,她昨天来了两次,下午来过一次——书店没开门,晚上七点左右又来过一次,结果书店也没开门。我想我当时听这话的表情绝对是一脸真诚的歉意。

只不过,这两位在书店来来回回转了几圈,转得很仔细,最后也没买书。我们稍微聊了几句,原来这女孩只是感觉在家里待得无聊无趣,就想找些书看,但也不知道看些什么书好,就来书店看看这里都有什么类别的书。

这种读者行为,我倒是完全可以理解,因为开书店之前,我也经常这么干。毕竟阅读兴趣或者阅读灵感,也是需要环境刺激和启发的。

7月22日,星期四,晴

今天是二十四节气的大暑。清晨,我起了一个大早——不过也已经六点半了——天光大亮,日照万方。看来,这早起的时间还得提前。

都说早起的鸟儿有虫吃,我笃信这句谚语,才常常生发早起的心愿,也确实一再付诸实行,比如今天。

今天我这只早起的鸟儿也确实吃到"虫子"了,只不过不是早晨吃到的,也不是在中午吃到的,也不是在下午吃到的,而是在夜幕降下后的晚上才吃到的——这让我恍惚间又开始质疑这早起的意义。

如果书店的生机在夜幕后才开始生发,那这白天的坚守还有意思吗?这个问题,我回答不了。

刚才有位年轻的妈妈为女儿买了一本《呼兰河传》。今天还卖了其他几本书——《孔子家语》《袁隆平口述自传》《此生只为守敦煌:常书鸿传》。

我的工作时间已接近十二个小时。收工,今天已经尽力了。

7月23日,星期五,晴

如果要为每天的书店日记附上一个标题,那今天的标题应该是"论环境的影响力"。这标题有点大,论述起来可能要费些篇幅和脑筋，我也没准备这么做，只是把今天观察到的一幕简略描述罢了。

上午，忙完店里的体力活，我终于可以闲下心来抄写经卷，正写着，进来一对母女和一个男孩。男孩对那位妈妈说，他不想看书，然后掏出手机捧在手里玩起来。小女孩倒是没说不想看书，只是安静且专注地在圆桌上摆弄她的几件塑料"首饰盒"。妈妈把两个孩子留在书店，独自出去了。

男孩继续玩着手机，小女孩继续摆弄着"首饰盒"，而我，继续抄写着经卷。没过一会儿，小女孩停下手上的活儿，悄悄地走到我所在的圆桌前，看我写字。

"哇，写毛笔字啊！"小女孩很小声地感叹着。

"是啊，你也写毛笔字吗？"我抬起头，笑着问她。

"很久没有写了。"小女孩回答道。

又看了一会儿我写字，这小家伙在书店里开始活跃起来——走到这个书架前看看，又走到另一个书架前瞅瞅；接着，又去到了儿童绘本漫画区，上上下下地翻看、找寻；最后，小女孩在油画与设计类书架前停了下来，安静地翻阅着上面的书，又从其中挑出一本坐到书架前的小沙发上阅读起来。

晚上八点，东京奥运会开幕了。电视机播放着开幕式，而我的手机里播放着日剧《不能结婚的男人》[1]。剧终，桑野大叔和医生终于牵手成功了——都是日式创意。但这部

---

[1] 日剧，2006年上映，由阿部宽主演。

生活短剧比这开幕式好看多了,尽管这两者没有什么可比性,但事实就是这样。

我理解那个叫桑野的建筑师为什么不结婚,但没能理解这个开幕式上日本艺术家想表达的东西。

7月24日,星期六,晴

今天我又搜索发现了另一部短剧——《还是不能结婚的男人》[1]。

"无论什么工作,肯定都会有让人想放弃的时候。但如果这时能顶住压力,才算是迈出了真正的第一步……我年轻的时候就是这样。"

下午,刚刚写到这里,望了一眼书店大门外——午后的阳光依然在浓密的梧桐叶和竹叶上明暗交错地跳跃着、追逐着、玩耍着。正巧我"刷"到了桑野大叔动情演绎的这一幕,如有神助,就好像是他在对我说这段话一样。这家书店有时候就是会发生一些很奇妙的事。

如果像今天这样勤奋地写下去,我是不是也会写出一部好看的短剧,比如《不能结婚的女人》,并且还有个续集——《还是结婚了的女人》。

---

[1] 日剧,2019年上映,由阿部宽主演。

书店日记

7月25日,星期日,晴

早饭对于中国人来说永远是大事一桩,于我而言,只要时间充裕、心情有余,费一点时间和周折绕远路去享用一顿心仪的早餐还是很值得的。何况这么阳光明媚灿烂的夏日清晨,我实在不忍浪费在室内。

在这一条不算很长的商业街上,还不到八点,大部分商家早已经开门营业了——生鲜超市、水果铺、文具店、早点铺、药店、油条摊位……附近的居民也已经在各个商铺的摊位上流连、挑挑拣拣、或买或卖——好不热闹的光景,充满了浓浓的人间烟火气。我在面铺隔壁的油条摊位上瞅到了久违的油条和面窝,甚至还有红薯面窝!惊喜不已!

骑车回书店的路上,灵感爆发,我暗自总结了一下这个古老又现代的国家经久不衰的商业传统——曰早、曰勤、曰不辍。

还是那句老话说得好:早起的鸟儿有虫吃——习惯早起的人们乐此不疲,不喜欢早起的人心存怀疑或压根儿不信。

不到八点半我就到了书店,开门开灯做卫生。正在抹桌子时,一位年纪不大的奶奶(也可能是外婆吧)被摆在门口的书箱吸引,然后她领着蹒跚学步的小孙子走进了书店。这小家伙捏着一本小熊布迪的绘本不愿撒手,而奶奶则被书架上的《花间集》[1]吸引。离开前她买了其中一套《花间集校注》[2]和门口书箱里的一本与古诗词有关的旧书。这位奶奶的书品不凡啊！我暗自感叹着。顺便瞅了一眼电脑上的时间——不到九点。

谈到店铺和经商，我想起前几天在一本古旧书《中国辟邪文化大观》[3]上读到过的一段文字——关于民间经商的十八宜忌，据说是范蠡弃官从商，在山东定陶定居，改名"陶朱公"后传下来的：

生意要勤快，切忌懒惰，懒惰则百事废。
价格要订明，切忌含糊，含糊则争执多。
用度要节俭，切忌奢华，奢华则钱财竭。
赊账要认人，切忌滥出，滥出则血本亏。
货物要面验，切忌滥入，滥入则质价减。
出入要谨慎，切忌潦草，潦草则错误多。
用人要方正，切忌歪邪，歪邪则托体难。
优劣要细分，切忌混淆，混淆则耗用大。
货物要修整，切忌散漫，散漫则查点难。
期限要约定，切忌马虎，马虎则失信用。
买卖要适时，切忌托误，托误则失良机。
钱财要明慎，切忌糊涂，糊涂则弊窦生。
临事要尽责，切忌妄托，妄托则受大害。
账目要稽查，切忌懒怠，懒怠则资本滞。

---
1 由温庭筠等著、赵崇祚编，由江苏凤凰文艺出版社出版。
2 由赵崇祚编、杨景龙校注，由中华书局出版。
3 由郑晓江主编，由花城出版社出版。

书店日记

接纳要谦和，切忌暴躁，暴躁则交易少。
立心要安静，切忌妄动，妄动则误事多。
工作要精细，切忌粗糙，粗糙则出品劣。
说话要规矩，切忌浮躁，浮躁则失事多。

7月28日，星期三，晴

还以为今天又不能开张，不过刚才还是有一对年轻人进来买走了一本厚厚的《中华人民共和国民法典》实用版。男孩果断选了这本书，女孩果断掏出手机付了款。

这对年轻人离开之后，不久又进来一家三口，中年父母带着一个小男孩。没一会儿的工夫，这一家人就开始往店外走，一边走那位妈妈一边自言自语道："和我想象的儿童书店完全不一样，都没有教辅资料。"

"我们书店不卖教辅……"站在柜台后面的我也自言自语地说道。

首先，这不是一家"儿童书店"，再说，相比儿童，成年人（尤其为人父母者）更应该多进书店，多读书、读好书，如此才能不至于养成轻易对人对事妄加评论的坏习惯，进而再把这坏习惯传给自己的孩子。再者，这话里也存在另一个常识性错误，即便有所谓的"儿童书店"，那么"儿童书店"就一定要卖教辅资料吗?！第三个问题是教辅到底算不算是传统意义上的"书店"里的"书"?！

7月31日，星期六，晴

这书店外的温度与书店里的温度百分之百地成反比——外面有多火热，这里面就有多清冷。本以为今天又无人光顾，谁料在我午休时，郑老师和她女儿走进了书店。对我而言，这两位是让人感到欢欣的客人和朋友。

她们没有在书店里待很久，但我们聊了一会儿彼此最近的旅行、最近反弹的疫情情况，还聊了聊对油画作品的鉴赏体会以及儿童绘本捐赠的事情……

有沉默的那么一小会儿工夫，郑老师忽然间问我："你儿子今天怎么没来？"

/八月/

8月1日,星期天,晴

夜幕落下后,书店里所有的灯光一齐点亮了。

"书店办成这样,也算是很有特色了……"这是最近一段时间在书店里听到的最受用、最提气的一句"评语"。

说这话的是两位已过中年的大叔,他们在书店里停留的时间很短。也许是被这店里的灯光吸引来的,他们也没有买书,四下里看了看,其中一位不经意间说了这句话。之后他们向我确认了一下这条路的名字,接着又问车站是不是就在附近。我耐心地为他们确认并解答了问题,助人为乐是快乐的,何况是对这种"赠人玫瑰"的读者。

不少商家喜欢在大门上张贴"免费便民服务"的贴纸。这间书店没有贴,因为我们希望把便民服务的宗旨贴在我们的心里,也贴在每天的实际工作中。

8月7日,星期六,晴

今天立秋,气温依然很高,阳光依然炽烈,国内疫情范围的扩散和反弹带来的阴霾依然在不断扩大——新闻里说,到目前,这个城市已经有157个小区纳入了"只进不出"的封闭管理。这个数字给人的第一感觉好像是假新闻,但遗憾的是,这是真的,是事实。

为了增强免疫力,我决定放松"早起"的自我约束——直到自然睡醒。这年月,还谈什么成功、谈什么自律,健康要紧,踏实要紧。

其实,晚起也有晚起的好处——睡眠充足了,一天的工作精神也明显过剩。趁着这股过剩的精气神,我可以把各种待办事项横扫干净。

昨天书店打烊时,有人买走了一本旧书《史蒂夫·乔布斯传》,前天下午也卖出一本关于执行力方面的书,今天到目前为止没有卖出什么书,看来是没戏了。但白天时,以及夜幕降临后,书店还是有读者陆陆续续地光顾,特别是有小朋友来这里看书。

到目前我还没有接到不能开店营业的通知,那每天还是继续开门好了——只要书店大门还开着,人还在坚守,灯光还亮着。

书店日记

8月11日,星期三,晴

上午刚做完店里的卫生,那位喜欢看红书的奶奶又来了,这次她手里依然提着一个袋子。奶奶一进来就自顾自地抱怨她那健忘的毛病,说她又忘记带老花镜出门了。不过,没过多久,她还是在书架上找到了一本旧书,讲的是范仲淹和他的新政。

忽然间,我对这本即将离开我的书产生了一丝留恋,我这才发现书店里还有这本书。人常常这样,不是吗?总是对即将离开自己的东西生出不舍和留恋。

结账时我们两人一如既往地讨价还价,顺便也简单交流了几句日常,我问奶奶是不是当过老师,她说自己不是老师,"要是老师就好了,那样的话退休金会高出很多。"

"我儿子是老师,还是大学老师。"她的神情里透着骄傲和自豪。

奶奶离开书店后,没过多久,她又折返回来。这次一进门她就说道:"我还从没看过这么不好看的书,和我想的完全不一样。"很明显,她想退了那本书。随后,她把这层意思说了出来,我静静地接受了,并拿出刚收的书款准备退给她。

奶奶把关于范仲淹的那本书退还给我,然后带着她新挑选的两本书——贺龙元帅与林彪元帅的传记离开了书店。

凑巧的是,价格刚刚好——不用退,不用补,不用找;凑巧的是,那本书暂时留下了。

临出门时,奶奶又把那本书数落了一番。

       8月12日,星期四,大雨

今天又是一个雨天,又是一个适合画画的好天气。忙完书店里的事情,我冲泡了一杯热乎乎的咖啡,随即开始了第三天的油画临摹练习。画幅不大,前两天已经画得差不多了,今天应该可以完工。

远远端详,还算是一件让人满意的作品。它就像一个小小的调色盘,上面画满了漂亮的颜色——有浅粉、玫红、橘色、深绿、蓝绿、白色、金色、浅蓝、靛青……总之都是讨人喜欢的颜色,把它们组合在这幅画布上简直就是一桌色彩的盛宴。

画完画,我随便吃了点东西,骑车赶去不远的地方做了第二轮核酸检测。又进入了新一段的抗疫时期,如何度过,想必大家各有"神通"。看上去,人们把钱都花在了超市里,花在了网购上;把时间都花在了手机上,花在了快递站的大门口。时代难道真的变了?是的,时代真的变了。

谋事在人,成事在天。然而,谋事并不难,难的是谋事之人在困难时期产生的懈怠、自我怀疑、甚至否定,更难的是坚持下去。

而这间书店坚持下去的方式就是——坚持。

📚 书店日记

  这份坚持,也许在我的画里,在那些画的色彩里,也在这满屋、满架的书本里,更在我喜欢做的每一件事情里。

  又是一天的雨,书店门前的龟背竹甚感欢喜,这两天大口大口地喝着这天降的甘霖,然后就悄悄地长出了一片嫩黄带卷的叶片,非常清新可爱。那盆金边吊兰,也在这几天雨水的沐浴下变得精神焕发,挺拔抖擞,只是没有一丁点儿要开花的意思。丁香花又在雨水里静静地鼓起了小花苞,这次数量不多,但却是全新的一拨,上一拨开的小白花才刚凋谢没几天。这让我想起了买这盆丁香花时,花店老板对我说的话,她说,要是养得好,这丁香花一年四季会不断地开花,还真是!

  昨夜下了一整夜的雨,今天早上来书店一看,发现这书店门口的方形喷水池里已经积了一池的雨水,水不深,差不多足够浸没我脚背的高度吧。正当我拿着拖把凑近水池时,眼前有一个东西忽地闪动了一下,我定睛一看,原来是一只绿皮青蛙——不知道的以为是我吓着了它,其实是它吓到了我——已经很久没有见过青蛙了。上一次在这池子里见到青蛙好像还是开这书店之前的事,记得那次也是接连下了几天的雨,池子里也是积攒了大约像今天这么深的水,那次见到的那只青蛙和今天见到的这只长得差不多,我料定应该不会是同一只,但谁又知道呢?真不知这"青蛙王子"是从哪里冒出来的。周围没有发现它的同类,它显得孤独而腼腆——躲得远远的,坐在池水的中央,警觉地观察着周围的一切,毫无松弛感,看上去不像是想要人类吻它的样子。

夜幕初降，那个小男孩和奶奶一起来到书店，这次终于得到了他一直心心念念的"宇航员"（一个可以握在手里的小宇航员塑像）。我为这执着的小男孩打了一个较大的折扣，孩子的奶奶慷慨付款，小家伙如愿以偿。然后，这小家伙开始和奶奶兴致勃勃地讨论一个问题——这小宇航员背上背的那个箱子，到底是装氧气的，还是装燃料的？

我相信，这孩子总有一天会弄明白宇航员背后的箱子里到底装的是什么。

不久，这孩子的妈妈也来了，她独自在书店里浏览了一会儿，最后买了一本《洞穴奇案》。

又过了不久，夜幕更沉了，书店快要打烊时，来了一家三口。

"这里竟然有这样一处神仙地方，我一定要发个朋友圈帮你们推广一下。"年轻的妈妈兴奋不已，自顾自地感叹着，一边说一边举起手机从各种角度拍照。

"随缘，随缘……"我笑答道。

8月13日，星期五，大雨转小雨

又是晚上八点，我准备收工，这时进来了一对母子——应该是第一次来书店吧。"好美的一间小书店啊！"一进门，这位妈妈轻叹道。

又是一个下雨天，温度十分舒适宜人，非常适合看看书、写写字、画个画。简单来说，这是一个非常适合宅在书店的日子。

下午的某个时刻。

"请问有没有《红星照耀中国》?"那个很喜欢来书店看书的高个子女孩一进书店就问我。

"有的。"我答道。它就放在收银台前的展示台上——这本书的位置我再清楚不过了,前两天有个小男孩和他妈妈就买不买这本书纠结了好一会儿。我取下这本红色封面的书递给了那女孩。

"我还要买一本。"女孩接过《红星照耀中国》,又转身去找另一本她想买的书。

——原来是鲁迅先生的《朝花夕拾》。

还是下午,雨停了片刻,天色渐渐变得明亮起来,因为太阳露了一会儿脸。书店大门外明亮的光线毫无争议地牵引了我眼角的余光,我望向门外,原来是挂在凤尾竹叶子上的雨水折射出来的金色光亮。我看着门外这大自然造化的一幅画作,欣赏着、感叹着,想拍下来,但光线转瞬即逝。这时,不知从哪里飞来两只金黄色的蝴蝶——很纯的金黄,不带一点杂色,蝴蝶围绕着闪闪发亮的凤尾竹叶上下翻飞了几圈,然后飞走了,不见了。

8月14日,星期六,小雨

今天是七夕。"青蛙王子"不见了。今天我往书店门口的水池看了两次,雨水还是有的,只是浅了一些,但都没有发现那只"青蛙王子"的踪影。它去哪里了?难道是没有遇见想要吻它的公主,失落地走掉了?这个可能性不是没有。我猜想,这一天里失望而走的"青蛙王子"恐怕不止一只吧。

某个时刻,一个名字在我脑海里忽闪而过——悉达多。

这时我才忽然想起来,这间书店应该有一本叫这个名字的书——黑塞写的那本[1]。从另一间实体书店买回来后,我也只是拆了表面的塑封,里面的内容好像还从没看过!

可见,接触一本书是一回事,深入阅读一本书却是另一回事——这两点之间的那条时间线有可能很长——说得玄乎一点,这需要机缘,需要契机,或者说需要一个触发点。

总之,我瞬间就定位了这本书的位置,找出它。

每当人生遭遇低谷和迷茫时,我都会自觉或不自觉地去翻看黑塞的书。这好像已经发展成了一种本能的反应机制,就好像有些动物吃错东西中了毒,会自己去山林里找寻草药一样。

我没有中毒,只是感觉最近的日子有些倦怠、有些迷糊……黑塞的书就是那味解药。

---

[1] 《悉达多》(*Siddhartha*),作者为赫尔曼·黑塞,由天津人民出版社出版。

书店日记

8月15日,星期日,阴

上午给小达尔文讲课,下午我又翻了一下午书。回家时,在地铁里我又接着读,终于在晚上临睡前看完了。

下地铁后,又去另一家书店买了一本——《明天的烦恼明天再烦》。

8月17日,星期二,晴热

幸运的是,生活中有些巧妙的机缘会一再出现,以提醒我们那些或者某个正渐渐被平淡无奇的日复一日而悄然淹没的初心——比如,一个遥远的国度;再比如,曾经被父辈提及的一幅画。

晚上八点四十九分,我还在书店,门外漆黑一片,倒是衬托得这书店光亮无比。有人进书店来随意逛逛,也有小朋友进来翻看《丁丁历险记》,更有好奇的小家伙翻看新到店的维米尔的画册,还有一对年轻的父母带着两个孩子买走了三本书。

今天值得。

8月18日,星期三,晴

售书:《福尔摩斯探案集》《纳兰词集》

今天的天气棒极了——阳光灿烂、温度正好,光线在空气中肆意奔跑,四处吸引孩子的目光。我似乎感觉到了几分初秋的味道。

画画就和生活一样,不到最后那一刻,不到放下画笔的那一秒,你永远不知道自己的作品有多么惊艳,或多么糟糕。如若精彩,自不必说。如若糟糕,正如一位艺术大师所说,"即便糟糕,也是艺术。"

即便糟糕,也是生活。只要我们投入其中,没有空过。

没有色彩的人生是多么苍白,

但即便苍白,

也是一种色彩。

近来,这几句话一直在我脑海里浮现,还是记下来吧,不然又得弄丢——算是一首小诗吧。

天黑了,一位着装很有艺术范的年轻人大步流星地走进书店,那劲头给人一种目标明确的印象。果然,在简单的交流中,这年轻人说:"我是搜索着地图过来的。"

再说说那"只"《在鱼缸里抓鱼的橘猫》[1],今天一下午

---

[1] 这是我临摹的一幅马蒂斯的油画。

的时间竟然有两位顾客询问它的价格和作者,想必它在这里不会待太久了。

8月19日,星期四,阵雨

清晨去书店之前,我骑车去附近吃了一顿带咖啡的早餐。出来时,发现停在店门口的自行车不见了,我只能踩着这双不高不低的高跟鞋高一脚低一脚地往回走。沿路停放的自行车似乎一夜之间全都"瘫痪了",没有一辆可以使用。

看来,最靠谱的还是我自己的双脚,也只能走回书店了。谁知,走着走着,一不留神我就踩到了砖缝,把脚连鞋一起拔出来时,又发现鞋跟不见了。好在,我知道这条路上有一个修鞋匠常年在路边的一棵高大的梧桐树下修鞋,而在离鞋匠不远的地方,还有一个修补自行车的摊位。每次我经过那条路,都可以看见这些匠人或在忙碌,或在悠闲地等待。

我半踮着脚终于走到了鞋匠那里,他正在为一位顾客的皮带打孔,打完孔,坐在鞋匠旁边的妻子收了顾客五元钱。那位顾客走了,我把一双鞋子脱下来交给鞋匠。鞋匠为这两只鞋子都换上了新的鞋跟,然后让我穿上鞋在地上试着走一走,看鞋跟是否平稳,鞋匠说:

"你先穿上鞋试着走一下,要是稳当,没有什么问题我再收你的钱,这样我心里才过得去呀。"

换上了新鞋跟的鞋子没话说,感觉就像新的一样。我拿出十元钱递给鞋匠的妻子,她一手撑着一把伞,一手接过工钱。我依然半踮着脚跟离开了鞋匠和他那位穿着红裙子的妻子。

今天没有在书店里画画,我只是看一个六岁的小朋友在书店里画画——他画了几个小时,我在一旁看了几个小时。其间,我只是简单地"指点"了一下。我衷心希望,我没有指点得太多。

下午,快接近大人们下班的点儿,这孩子用他手上细细的画笔在调色板上蘸了一笔他自己调好的颜色,然后在一颗星星的橘黄色的核心周围迅速地转了一圈。随后,他把捏着画笔的手缓缓地从那颗星星上抬起,轻轻地说了一句:"我画的是我心里的星空……"

画完了油画,这孩子说他还想画。这次,我递给他一张大大的素描纸,他从画箱里挑选了一支铅笔,开始坐在妈妈身边的桌子上自由涂鸦。

孩子和妈妈一起离开书店时,带走了他的素描画,留下了他的油画作品——他心里的梵高的星空。

油画还没有干,店外又刚下过一场雨。妈妈问孩子要不要把油画带回家,孩子坚持把画留在书店里,说等这画干了,让我打电话给妈妈。

"你就是想再来嘛……"孩子妈妈笑着说道。

孩子不说话,很神秘地笑着。

书店日记

8月20日,星期五,雨

下午五点,天色忽然暗沉下来,然后迅速变黑,黑得就像夜里一样,只听见远处雷声滚滚。老天爷在用它那让人无法忽略的威力告诉人们——今天出伏!

外面黑洞洞的,落在地上的泛黄的梧桐树叶被风卷起,在空中转着圈地飞舞着。书店里的灯光更加亮堂了。今天的油画习作时间较长,画了一下午,直到这"天黑",直到外面下起雨来。

此时书店里和书店外是两个世界——一个光亮一个灰暗,一个安静一个狂躁。没有人进来躲雨,但有两个女孩进来买书。

其中一个女孩,看上去文文静静的,戴着一副眼镜,眼镜上还挂着几滴雨滴,很普通的女孩,但散发着浓浓的书卷气。这女孩眼光极好,看中了书店里一本旧书——哈代[1]的《苔丝》[2],并愿意以两倍的书价把它买下来。

今天卖出的书还包括《莎翁遗稿之谜》《狂人日记:鲁迅小说全集》《爱的教育》《哈姆雷特》《城南旧事》。

---

[1] 全名为托马斯·哈代(Thomas Hardy,1840—1928),英国诗人、小说家。

[2] 该书也被译作《德伯家的苔丝》,作者为托马斯·哈代,由海南国际新闻出版中心出版。该书是1997年1月第1版。

8月23日，星期一，晴

上午，有一个小男孩想买一尊《大卫》石膏头像。这么长时间以来，还从没有孩子像他一样对书店里的石膏像表现出这么浓厚的兴趣。

这孩子显然是认得《大卫》的，但也有他不认识的——他指着书架顶端的另一尊石膏像问我："为什么这个人没有手，上身也没有穿衣服？"

"那是维纳斯，因为没有手臂，人们都叫她'断臂的维纳斯'。"我告诉他。

在简单的交流中，小朋友说他父亲也会画画，画的是素描画。

"是吗？那你也会画画吗？"我也开始好奇，便问道。

"我不会。"小男孩回答。

……

"我不明白，我爸爸为什么不能也把画画当工作……"有那么一刻，这小朋友很认真地说了这么一句话，像是在对他的听众说，也像是在对他自己说。

是啊，大人的世界，有时候孩子不懂；孩子的世界，有时候大人更不懂。

……

小男孩说他回去拿钱，过十分钟就能过来。

十分钟过去了……这一整天也过去了，小男孩没再出现。

书店日记

8月24日,星期二,中雨

今天又是一个雨天。自从处暑节气以来,接连几个雨天,这书店大门边上的杜鹃花树枝又长高了;龟背竹鹅黄嫩绿的新叶又在高调地打着卷儿——我仔细数了数,足足有四个新叶卷;丁香花的花苞像是被水分子充满了——变得更饱满了。

不仅这些书店的植物喜欢下雨天,我也很喜欢下雨天。每到下雨天,我就感觉这脑细胞开始躁动不安,跃跃欲动,总想做点什么事:或者给自己现磨一杯冒着淡淡热气的黑咖啡,端着它站在书店大门边上看外面暗沉的天色和哗啦啦的大雨;或者在各个书架前徘徊不定,寻找着那本适合在这种天气翻看的书;或者站在画架前盯着那幅没画完的画发呆……总之,我喜欢在大雨天做的事很多很多,一时间倒没了坚定的主意。一时,我端着咖啡,看着落地窗外,看着打在杜鹃花枝叶上的雨,又看看打在龟背竹叶片上的雨水花,听着从门缝里飘进来的雨声,放下所有的念头,用相机拍了一会儿雨,又听了一会儿雨,然后,我走到画架前,拿起了画笔。

下午,我正在一张茶几上埋头看书,忽然间,昨天的小男孩出现在我面前。

"我是来买《大卫》的。"小男孩笑嘻嘻地说道。

"就你一个人吗?"我问道。

"我爸妈在后面……"

这孩子的父母不懂孩子买这个做什么用，但在孩子的坚持下，妈妈还是为他付了钱。就这样，《大卫》和男孩一起离开了书店。

心里有点不舍。自这书店出现以来，这尊《大卫》雕像就在书店里了，一直待在小男孩发现它时的位置。它那张完美的面孔，朝着书店大门的方向，静静地看着书店里的人来人往，不发一语。想带走它的人如果不是一个孩子，如果不是一个真心喜欢它的孩子，我想，我是不会让它离开这间书店的。

8月25日，星期三，晴

上午，买走《大卫》雕像的小男孩又来了。这次是他一个人，手里提着一个塑料袋，他把袋子里的东西一股脑儿全倒在了桌上。我凑近一看，原来是一堆扑克牌大小的纸牌。

"我爸爸说你是搞艺术的。"小男孩忽然对我说道。

"为什么呢？何以见得啊？"我笑着问小男孩。

"我爸说，你一看就是搞艺术的……你是不是搞艺术的？"原来这小家伙想和我确认他爸爸的猜测是不是对的。

"算是吧。"我回答道。

下午画完了雷诺阿的《在窗边看书的少女》——这是几个月前就开始画的一幅画，在某一天我忽然停了下来，又

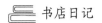书店日记

在某一天忽然想起了它。

搁下画笔时,时间还早,正好这时也没有顾客,于是我提前收工,按计划去美院[1]那边装裱了准备送给老爸的那幅油画。这也算是圆了老人家心中一个小小的愿望吧。

只要心里有梦,迟早都会圆的。

做装裱的那家小画廊下午很热闹,前前后后来了几拨顾客。年长的店老板今天不在店里,掌柜的是画廊老板的儿子,店里的顾客都叫他"小老板"。小老板人很随和,做生意也不斤斤计较——这点倒是和画廊老板很像。

我也不记得自己来过这家小画廊几次了,总之经常光顾。只是这一次,我发现这店里的画框样式不及从前丰富了,可供选择的样式并不多。我把这想法和小老板聊了聊,他坦言,受疫情影响,店里生意不太好,很多样式就没有再进货了。

是啊,这年月,疫情一次一次地冲击、封锁着人们的生活、工作和梦想;这年月,像这样的工匠小店能继续开门营业已经算是奇迹了。

8月26日,星期四,晴

秋天真的来了——真好。

昨天我从书店里搬了一幅油画回家,今天又从家里搬

---

[1] 即湖北美术学院。

了一幅工笔国画来到书店——这是一幅并蒂牡丹，一朵粉色、一朵暗红色共结于一枝，紧紧地靠在一起。它美极了！我实在等不及想把它挂上画墙。就这样，蹬椅子、踩桌子，爬上爬下，折腾了一中午，我几乎把所有画作的位置都重新编排了一番——只为了这唯一的一幅工笔国画。

被重新整理过的画墙，让人耳目一新。整个书店又悄悄地发生了别样的变化。

刚整理完画墙不久，一位男士走进书店，问我有没有易经方面的书。我把《日讲易经解义》找出来递给他，他翻看了一下，然后把它买走了。

8月27日，星期五，小雨

平淡而美好的阴雨天。没有什么特别的事发生，只卖了几本书：《追风筝的人》《杀死一只知更鸟》，再加上几本绘本。

8月28日，星期六，晴

总结人生感悟两则：

（1）不长记性之人，活该一而再、再而三地跌倒在同一个坑里，怪不得别人；

（2）只要敢于自省，认真悔过，虔诚祈祷，相信奇迹一定会出现。

📚 书店日记

今天也卖了几本书:《企鹅的忧郁》《你是人间的四月天》和几本绘本。

8月31日,星期二,晴

上周在书店出现了一个小男孩——一张从未见过的新面孔。他年纪虽小,个头也不高,也许还在上小学,也许刚刚上初中,但书品却已是相当成熟稳重。

还记得上周他和同学一起来到书店——一人拎着一只羽毛球拍,像是要一起去打羽毛球的样子。这孩子一人买走了两本书。我还为他的新书盖上了书店的篆刻章。

午后,小男孩又来到书店,问我上周他想买的那本《麦田里的守望者》今天有没有,我告诉他说有,小男孩很开心。但最后,他没有买《麦田里的守望者》,他说这本新书有点贵,于是另外买下了他在书架上新发现的一本川端康成写的《雪国》。

我再次感叹这孩子的书品不凡,好奇之下,我问他:"这是你买了自己看的,还是买给家人看的呀?"

"我自己看的。"小男孩平静地答道。

后来的事

日记是从2020年6月开始记的,跨度一年多,直到2021年8月底。而现在是2024年1月20日,星期六,恰逢中国传统二十四节气的大寒(一个阴雨天,的确很寒冷),距离书香5号书店开业三周年还有11天。书店依然开着。书店今天也开着,但目前店里只有我一人——正好得空可以静静地想一想日记第一稿写完后发生的那些事、发生的那些变化。

这家书店里的书越来越多了,现有的书架已经塞不下所有的书,不过肯定还远远没达到我定下的"六万本"的小目标,但相比刚开始记日记那会儿已经翻了很多倍了(抽空得清点一下)。

书店里的油画也越来越多了,相比开业时多了许多。墙上已经没地方挂画了,只能把一部分画搁到书架顶上,不过现在书架顶上也没地方搁了。

书店隔壁的几家店铺有的开了又关了,关了又开了……几度易主做着不同的生意(只是没人再开书店);有的由大变小了,又由小变大了,在空间上下功夫;有的24小时不打烊,在时间上下功夫。总的来说,各商家都在早早晚晚地忙着。

书店大门斜对面原本有一棵粗壮的樱花树,每年春天都会开出大朵的粉色樱花。结果它没能熬过那场疫情和疫情后的那场大旱——几个穿着"园林"黄马甲的人说,"它的根坏掉了"。我亲眼见着他们费力地将这棵樱花树连根挖起,将它丢弃在马路边。

我从路边捡回来的那盆凤尾竹还活着,而且又长高了不少,快要够着书店的屋顶了,也翻长出了年轻一代的新枝;最近那老枝干上好像还开出了花一样的东西。

从花市买回来的那一大盆龟背竹一直长得很好,历经酷暑寒冬,依然枝繁叶茂,然而却在一夜之间从书店大门口消失不见了;和龟背竹一起来到书店的那盆丁香几度花谢花开,长势喜人,然而那天早上也和龟背竹一起消失了——我的意思是,哪个手欠的家伙趁着夜黑风高把它们从这书店大门口偷走了。

一直很羡慕那些有自己的小猫的书店——几乎都是奶牛猫,几乎都叫"船长",我也一直想有一只这样的"书店猫"。后来,老姐在一次瑜伽课上遇见了一只流浪猫,它很喜欢她,跟着老姐回了家。这只小猫竟然就是一只黑白相间的奶牛猫,和我想象中的一模一样。正当我在想要不要把它带到书店来的时候，偶然间看见它攀爬老姐家厨房纱窗门的样子，我被它惊人的弹跳力给吓到了。正当我犹豫不决的时候，听说它离家出走了，又变成了一只流浪猫。对此，我后悔不已——没能及时把它带来书店，没能告诉它我给它起的是比"船长"更高级的名字。庆幸的是，照片上记录着它曾经可爱的模样，于是我为它画了一幅"肖像画"——作为歉意，作为纪念，也作为这家书店的"舰长"和"永久店员"留在这间书店。

除了我和舰长，书店一直没有招其他店员，尽管有不少人曾对我表达过在这家书店工作的兴趣，但我知道他们根本待不住。书店的营业时间依然不是很稳定——只要我有事，或生病不在，或者不想来，顾客就得吃闭门羹。所以就营业时间这一点而言，这后来的变化是基本上没有什么变化，只不过书店顾客对我的"指责"由"你又没来"变成了"好久不见"。

小达尔文长大了也长高了，从小学生变成了初中生，由于学习太忙，他没有多余的时间和精力继续学德语了。

小达尔文的弟弟也长大了，从幼儿园升到了小学，听说现在迷上了足球。

爱读科幻的"桐原"同学初中毕业了，回老家读高中了，他计划高中毕业再考回武汉读大学。有一两次他经过这家书店，只是碰巧我都不在。

书店日记

那个买走《雪国》的小男孩也从小学生变成了初中生，趁假期或周末也常来书店挑书、买书——有时是给自己买，有时是买书送给妈妈作礼物，他的书品依然不凡。

喜欢看红书的杨奶奶有一段时间经常光顾我们书店，几乎是天天来，后来变成每周都来，再后来有很长一段时间都没有见她来书店。最近见到她的那一次正好是毛泽东诞辰纪念日，杨奶奶在儿子的陪同下又出现在书店，还亲自挑选了一本我从延安王家坪毛泽东故居带回来的"书"——一本在其他任何书店都买不到的书。

龙老师的画室也依然开着，只是换了一个地方，后来他又画了很多画，有的画幅还特别大，风格有点像赵无极[1]。

王老师最终还是离开了画室，去了南方一所院校当专职老师。他依然喜欢摄影，摄影的风格也依然极具艺术的美感，偶尔会在社交动态里发一些在南方生活的街景随拍，分享他在异乡的生活。

彩霞也离开了这个她生活了很多很多年的城市，回了隔壁省的老家，陪着丈夫和孩子一起过日子。

爱莉丝和老姐依然热爱绘画艺术，近来更是迷上了樊

---

1 赵无极（1921-2013），出生于中国北京，毕业于杭州艺术专科学校，华裔法籍艺术家。

锦诗[1]，恋上了敦煌壁画，在敦煌各个能去的洞窟、在当地的画室、在敦煌书局、在踩着梯子才能够着的巨幅画布前……研学了整整一个月。

至于我自己嘛，"在外人眼里，书店老板多半缺乏耐心、偏执、厌恶交际——迪伦·莫兰[2]在《布莱克书店》[3]里把这一形象演绎得惟妙惟肖——而这好像（大体上）就是现实。特例当然有，许多书商并不是那样的。但很不幸，我是。"肖恩·白塞尔在他的日记里这样写道。但很不幸，我也是。不过，我也并非一直都是这样。记得三年前书店刚开业那会儿，我也是很温顺友善的，对书店顾客和读者也极有耐心。随着时间的流逝、四季的更替，书店人来人往，亘古不变的无聊问题、朝不保夕的资金链条、日益激烈的价格战、越来越"精明"的顾客[4]、越来越稀有的读书群体、迷惑无解的"读者行为"[5]……的确时常让我着急上火——但大多时候也只是像沉睡中的火山一样闷在里面——并不会像《布莱克书店》的老板一样到了点会拿着扫帚把顾客往外

---

1 樊锦诗，1938年出生于北京，毕业于北京大学，曾任敦煌研究院院长，现任敦煌研究院名誉院长，被誉为"敦煌女儿"，代表作品有《敦煌石窟》《莫高窟隋代洞窟分期》等。
2 迪伦·莫兰（Dylan Moran），爱尔兰演员、电影制片人、作家，情景喜剧《布莱克书店》（Black Books）是其代表作。
3 英剧、喜剧，首播于2000年，导演、编剧和主演均是迪伦·莫兰。
4 指那一类喜欢在书的价格上斤斤计较，认为在实体书店买书就是上了人当、吃了大亏的"聪明人"。
5 指那种手里拿着一本标价的书问这书怎么卖，或者走进书店，转头又走出书店这类奇怪的行为。

书店日记

赶的那种。

妙在书店是冰火两重天的世界,无论一个人憋了多大的火迟早都能在书店里慢慢冷静下来,然后变得平和,变得淡然,变得无所畏惧并且无所谓。

我的好友遇见了一个人,据说正经历着类似《傲慢与偏见》一般的剧情,天知道他俩有没有戏。

去年年初,一位咋咋呼呼的男顾客告诉我说,东湖深处那家风景如画的时见鹿书店关门了。我记得它的大门曾经正对着一大片波光粼粼的湖水,它的后花园(咖啡区)能望见不远处的山丘和森林,那里的空气好极了。

也是去年,一位书店友人欣迪告诉我说,关山大道上的那家物外书店也关门了,现在变成了一家游戏厅——这可能是我去年听到的最让我难过的消息。

武胜路上的那家书店倒是还开着,只是图书撤了不少,整面墙的书架扎眼地裸露着,咖啡又涨价了——贵得有点离谱,而且很难喝。

中山大道708号上的"武汉国民政府旧址纪念馆"我很久没去了,肯定还在,因为这是全国重点文物保护单位。但它隔壁的那家"老店咖啡馆"就没这么幸运了——后来它在那条路上消失了。

后来，在汉口胜利街163-171号的"武汉中共中央机关旧址纪念馆"，我无意间又发现了"长江书店"的踪迹——那里能挖掘出比中山大道371号上的那块"长江书店旧址"铭牌更多、更丰富的关于这家书店的历史和故事。

一直都没找到（或碰见）乔治·奥威尔写于1936年的那本《书店回忆》。

書香5号书店依然开着。

书店故事还在继续。

图书在版编目(CIP)数据

书店日记／张沛裕著． -- 武汉：华中科技大学出版社，2024.8． -- ISBN 978-7-5772-0974-6

Ⅰ．I267.5

中国国家版本馆 CIP 数据核字第 2024QB5874 号

书店日记 Shudian Riji	张沛裕 著

总 策 划：杨　静
策划编辑：陈心玉
责任编辑：田金麟
封面设计：琥珀视觉
责任校对：李　弋
责任监印：朱　玢

出版发行：华中科技大学出版社（中国·武汉）　　电话：(027)81321913
　　　　　武汉市东湖新技术开发区华工科技园　　邮编：430223
录　　排：王玉玲
印　　刷：湖北新华印务有限公司
开　　本：787mm×1092mm　1/32
印　　张：7
字　　数：145千字
版　　次：2024年8月第1版第1次印刷
定　　价：59.00元

本书若有印装质量问题，请向出版社营销中心调换
全国免费服务热线：400-6679-118　竭诚为您服务
版权所有　侵权必究